DIALOGUES
DES MORTS

ANCIENS ET MODERNES,

AVEC

QUELQUES FABLES.

COMPOSEZ

POUR L'EDUCATION D'UN PRINCE.

Par feu Meſſire FRANÇOIS DE SALIGNAC
DE LA MOTTE-FENELON , *Précepteur de
Meſſeigneurs les Enfans de France, & depuis Arche-
véque-Duc de Cambrai , Prince du Saint Empire, &c.*

TOME SECOND.

Contenant les Dialogues des Modernes & les Fables.

A PARIS,
Chez FLORENTIN DELAULNE , ruë
ſaint Jacques , à l'Empereur.

M. DCC.XVIII.
Avec Approbation & Privilege du Roy.

TABLE

DES DIALOGUES

Contenus dans ce II. Volume.

I. DIAL. *Leger & Ebroin.* page 1

II. DIAL. *Le Prince de Galles & Richard son fils.* 8

III. DIAL. *Le D. de Bourgogne & Charles VII.* 18

IV. DIAL. *Louis XI. & le Cardinal Bessarion.* 24

V. DIAL. *Louis XI. & le Cardinal de la Balue.* 35

VI. DIAL. *Louis XI. & Philippe de Comines.* 47

VII. DIAL. *Louis XI. & Charles Duc de Bourgogne.* 52

VIII. DIAL. *Louis XI. & Louis XII.* 56

IX. DIAL. *Le Connétable de Bourbon & Bayard.* 62

X. DIAL. *Louis XII. & François I.* 70

XI. DIAL. *Charles-Quint & un jeune*

Tome II. ä

TABLE.

Moine de S. Juſt.   78

XII. DIAL. *Charles V. & François I.*   85

XIII. DIAL. *Henry III. & la Du-cheſſe de Montpenſier.*   97

XIV. DIAL. *Henry III. & Henry IV.*   105

XV. DIAL. *Henry IV. & le Duc de Mayenne.*   113

XVI. DIAL. *Henry IV. & Sixte V.*   121

XVII. DIAL. *Le Cardinal de Riche-lieu & le Cardinal Ximenès.*   127

XVIII. DIAL. *Le Cardinal de Riche-lieu & le Chancelier d'Oxenſtierne.*   133

XIX. DIAL. *Le Cardinal de Richelieu & le Cardinal Mazarin.*   141

TABLE
DES FABLES.

I. FABLE. *Les avantures d'Ariſto-nous.*   165

II. FAB. *Les avantures de Meleſich-ton.*   192

III. FAB. *Ariſtée & Virgile.*   206

TABLE.

IV. FAB. *Hiſtoire d'Alibée, Perſan.*
          211

V. FAB. *Hiſtoire de Roſimond & de Braminte.*   224

VI. FAB. *Hiſtoire de Floriſe.* 243

VII. FAB. *Hiſtoire du Roi Alfaroute & de Clariphile.*   254

VIII. FAB. *Hiſtoire d'une vieille Reine & d'une jeune Païſane.* 263

IX. FAB. *Fable de Lycon.* 272

X. FAB. *Fable d'un jeune Prince.* 277

XI. FAB. *Le jeune Bacchus & le Faune.*   281

XII. FAB. *Le Roſſignol & la Fauvette.*   284

* XIII FABL. *Le Fantaſque.* 289
* XIV. FABL. *La Medaille.* 296

XIII. FAB. *Fable du Dragon & des Renards.*   289

XIV. FABL. *Les deux Renards.* 292

XV. FABL. *Le Loup & le jeune Mouton.*   294

XVI. FABL. *Le Chat & les Lapins.*   296

XVII. FABL. *Les deux Souris.* 300

XVIII. FABL. *L'Aſſemblée des Animaux pour choiſir un Roi.* 304

XIX. FABL. *Le Singe.*   308

TABLE.

XX. FABL. *Les deux Lionceaux.* 312

XXI. FABL. *Les Abeilles.* 318

XXII. FABL. *L'Abeille & la Mouche.* 321

XXIII. FABL. *Les Abeilles & les Vers à soye.* 323

XXIV. FABL. *Du Hibou.* 128

XXV. FAB. *Du Berger Cleobule & de la Nymphe Phidile.* 131

XXVI. FAB. *Chromis & Mnasyle.* 173

Fin de la Table

APPROBATION.

J'Ai lû par ordre de Monseigneur le Chancelier *plusieurs petites pieces en prose, des Contes des Fées, des Fables, & quelques faits remarquables tirez de l'Histoire,* par feu Monsieur de Fenelon Archevêque de Cambray. Il est aisé de juger que tous ces Ouvrages ont été composez pour amuser & pour instruire en même tems un jeune Prince : j'y ai trouvé ce qui a toûjours caractexisé leur illustre Auteur, les graces de la diction & la sagesse des préceptes. Fait à Paris ce 15. Decembre 1716.

DANCHET.

DIALOGUE

DIALOGUES DESMORTS

ENTRE
LES MODERNES.
SECONDE PARTIE.

I. DIALOGUE.

LEGER & EBROIN.

La vie solitaire & simple n'a point de
charmes pour un ambitieux.

EBROIN.

A confolation dans mes
malheurs eft de vous
trouver dans cette fo-
litude.

Tome II.   A

LEGER.

Et moi je suis fâché de vous y voir ; car on y est sans fruit, quand on y est malgré soi.

EBROIN.

Pourquoi desesperez-vous donc de ma conversion ? Peut-être que vos conseils & vos exemples me rendront meilleur que vous ne pensez. Vous qui êtes si charitable, vous devriez bien dans ce loisir prendre un peu soin de moi.

LEGER.

On ne m'a mis ici qu'afin que je ne me mêle de rien : je suis assez chargé d'avoir à me corriger moi-même.

EBROIN.

Quoi, en entrant dans la solitude, on renonce à la charité ?

LEGER.

Point du tout. Je prierai Dieu pour vous.

EBROIN.

Ho, je le vois bien! c'est que vous m'abandonnez comme un homme indigne de vos instructions: mais vous ne me faites pas justice. J'avouë que j'ai été fâché de venir ici : mais maintenant je suis assez content d'y être. Voici le plus beau desert qu'on puisse voir. N'admirez - vous pas ces ruisseaux qui tombent des montagnes, ces rochers escarpez & en partie couverts de mousse; ces vieux arbres qui paroissent aussi anciens que la terre où ils sont plantez? La nature a ici je ne sçai quoi de brute & d'affreux qui plaît, & qui fait rêver agréablement.

LEGER.

Toutes ces choses sont bien fades à qui a le goût de l'ambition, & qui n'est point desabusé des choses vaines. Il faut avoir

A 2

le cœur innocent & paisible pour
être sensible à ces beautez champêtres.

EBROIN.

Mais j'étois las du monde &
de ses embarras, quand on m'a
mis ici.

LEGER.

Il paroît que vous en étiez fort
las, puisque vous en êtes sorti
par force.

EBROIN.

Je n'aurois pas eu le courage
d'en sortir ; mais j'en étois pourtant fort dégoûté.

LEGER.

Dégoûté comme un homme
qui y retourneroit encore avec
joye, & qui ne cherche qu'une
porte pour y rentrer. Je vous connois : vous avez beau dissimuler ;
avoüez votre inquiétude, soyez
au moins de bonne foi.

E B R O I N.

Mais, faint Prélat, fi nous y
· rentrions vous & moi dans les
affaires, nous y ferions des biens
infinis. Nous, nous foûtiendrions
l'un l'autre pour proteger la vertu, nous abatrions de concert tout
ce qui s'oppoferoit à nous.

L E G E R.

Confiez-vous à vous - même
tant qu'il vous plaira fur vos ex-
périences paffées ; cherchez des
prétextes pour flatter vos paffions,
pour moi qui fuis ici depuis
plus de tems que vous, j'y ai eu
le loifir d'apprendre à me défier
de moi & du monde. Il m'a trompé une fois ce monde ingrat : il ne
me trompera plus. J'ai tâché à
lui faire du bien, il ne m'a fait
que du mal. J'ai voulu aider une
Reine bien intentionnée, on l'a
décrédité & réduite à fe retirer :
on m'a rendu ma liberté en

croyant me mettre en prifon. Trop heureux de n'avoir plus d'autre affaire que de mourir en paix dans ce défert.

E B R O I N.

Mais vous n'y fongez pas ; fi nous voulons encore nous réünir, nous pouvons être les maîtres ab-folus.

L E G E R.

Les maîtres de quoi ? de la mer, des vents & des flots ? Non, je ne me rembarque plus après avoir fait naufrage. Allez chercher la fortune, tourmentez-vous , foyez malheureux dès cette vie, hafar-dez tout, périffez à la fleur de vo-tre âge , damnez-vous pour trou-bler le monde & pour faire par-ler de vous ; vous le méritez bien, puifque vous ne pouvez demeu-rer en repos.

E B R O I N.

Mais quoi ? eft - il bien vrai

que vous ne défirez plus la fortune ? L'ambition eft-elle bien
éteinte dans les derniers replis de
votre cœur ?

LEGER.

Me croiriez-vous fi je vous le
difois ?

EBROIN.

En verité j'en doute fort. J'aurois bien de la peine. Car enfin.....

LEGER.

Je ne vous le dirai donc pas :
il eft inutile de vous parler non
plus qu'aux fourds. Ni les peines
infinies de la profpérité, ni les
adverfitez affreufes qui l'ont fui-
vie n'ont pû vous corriger. Allez,
retournez à la Cour, gouvernez,
faites le malheur du monde, &
trouvez-y le vôtre.

A 4

II. DIALOGUE.

LE PRINCE DE GALLES, & RICHARD son Fils.

Caractere d'un Prince foible.

LE P. DE GALLES.

HElas ! mon cher fils, je te revois avec douleur ; j'esperois pour toi une vie plus longue, & un regne plus heureux. Qu'est-ce qui a rendu ta mort si prompte ? N'as-tu point fait la même faute que moi, en ruinant ta santé par un excès de travail dans la guerre contre la France ?

RICHARD.

Non, mon pere : ma santé n'a point manqué ; d'autres malheurs ont fini ma vie.

LE P. DE GALLES.

Quoi donc, quelque traître a-t'il trempé ses mains dans ton sang ? si cela est, l'Angleterre qui ne m'a pas oubliée vangera ta mort.

RICHARD.

Helas ! mon pere, toute l'Angleterre a été de concert pour me deshonorer, pour me dégrader, pour me faire périr.

LE P. DE GALLES.

O Ciel ! qui l'auroit pû croire ; à qui se fier desormais ! Mais qu'as-tu donc fait mon fils ? n'as-tu point de tort ; dis la verité à ton pere ?

RICHARD.

A mon pere ! Ils disent que vous ne l'êtes pas, & que je suis fils d'un Chanoine de Bordeaux.

LE P. DE GALLES.

C'est de quoi personne ne peut répondre ; mais je ne sçaurois le

croire. Ce n'eſt pas la conduite
de ta mere, qui leur donne cette
penſée ; mais n'eſt-ce point la
tienne qui leur fait tenir ce diſ-
cours ?

RICHARD.

Ils diſent que je prie Dieu
comme un Chanoine, que je ne
ſçai ni conſerver l'autorité ſur les
peuples, ni exercer la juſtice, ni
faire la guerre.

LE P. DE GALLES.

O mon enfant ! tout cela eſt-
il vrai ? il auroit mieux valu
pour toi paſſer la vie Moine à
Weſminſter, que d'être ſur le
Trône avec tant de mépris.

RICHARD.

J'ai eu de bonnes intentions,
j'ai donné de bons exemples, j'ai
eu même quelquefois aſſez de vigueur. Par exemple, je fis enlever & executer le Duc de Gloceſ-

ter mon oncle, qui rallioit tous
les Mécontens contre moi, &
qui m'auroit détrôné si je ne
l'eusse prévenu.

LE P. DE GALLES.

Ce coup étoit hardi & peut-
être necessaire ; car je connois-
sois bien mon frere qui étoit dis-
simulé, artificieux, entreprenant,
ennemi de l'autorité légitime,
propre à rallier une Cabale dangereuse : mais, mon fils, ne lui a-
vois-tu pas donné aucune prise
sur toi ; d'ailleurs, ce coup étoit-
il assez mesuré ? l'as-tu bien soutenu ?

RICHARD.

Le Duc de Glocester m'accu-
soit d'être trop uni avec les François ennemis de notre Nation :
Mon mariage avec la Fille de
Charles VI. Roi de France, servit au Duc à éloigner de moi les
cœurs des Anglois.

A 6

LE P. DE GALLES.

Quoi, mon fils, tu t'es rendu suspect aux tiens par une alliance avec les ennemis irréconciliables de l'Angleterre ? Et que t'ont-ils donné par ce mariage ? as-tu joint le Poitou & la Touraine à la Guyene, pour unir tous nos Etats de France jusqu'à la Normandie ?

RICHARD.

Nullement : mais j'ai crû qu'il étoit bon d'avoir hors de l'Angleterre un appui contre les Anglois factieux.

LE P. DE GALLES.

O malheur de l'Etat ! ô deshonneur de la Maison Royale ! tu vas mandier le secours de tes ennemis, qui auront toujours un intérêt capital de rabaisser ta puissance. Tu veux affermir ton

Regne en prenant des interêts contraires à la grandeur de ta propre Nation. Tu ne te contente pas d'être aimé de tes Sujets, tu veux être craint comme leur ennemi qui s'entend avec les Etrangers pour les opprimer. Helas ! que font devenus ces beaux jours, où je mis en fuite le Roi de France dans les Plaines de Creſſy, inondées du ſang de trente mille François, & où je pris un autre Roi de cette Nation aux portes de Poitiers! O que les tems ſont changez ! Non, je ne m'étonne plus qu'on t'ait pris pour le fils d'un Chanoine. Mais qui eſt-ce qui t'a détrôné ?

RICHARD.
Le Comte d'Erby.

LE P. DE GALLES.
Comment ? a-t'il aſſemblé une armée ? a t il gagné une bataille ?

RICHARD.

Rien de tout cela. Il étoit en France à cause d'une querelle a- vec le grand Maréchal, pour la- quelle je l'avois chaffé : L'Ar- chevêque de Cantorbery y paffa fécretement, pour l'inviter à entrer dans une confpiration ; il paf- fa par la Bretagne, arriva à Lon- dres pendant que je n'y étois pas, trouva le peuple prêt à fe foûle- ver ; la plûpart des mutins pri- rent les armes ; leurs troupes mon- térent jufqu'à foixante mille hom- mes ; tout m'abandonna ; le Com- te vint me trouver dans un Châ- teau où je me renfermai. Il eut l'audace d'y entrer prefque feul : je pouvois alors le faire périr.

LE P. DE GALLES.

Pourquoi ne le fis-tu pas mal- heureux ?

RICHARD.

Les peuples que je voyois de

toutes parts armez dans la campagne m'auroient maſſacré.

Le P. de Galles.

Et ne valoit-il pas mieux mourir en homme de courage ?

Richard.

Il y eut d'ailleurs un préſage
qui me découragea.

Le P. de Galles.

Qu'étoit-ce ?

Richard.

Ma chienne qui n'avoit jamais
voulu careſſer que moi ſeul , me
quitta d'abord pour aller careſſer
le Comte : je vis bien ce que cela
ſignifioit , & je le dis au Comte
même.

Le P. de Galles.

Voilà une belle naïveté ! Un
chien a donc décidé de ton autorité , de ton honneur, de ta vie ,
& du ſort de toute l'Angleterre ?
Alors que fis-tu ?

RICHARD.

Je priai le Comte de me mettre en sûreté contre la fureur de ce peuple.

LE P. DE GALLES.

Helas ! il ne te manquoit plus que demander lâchement la vie à l'Usurpateur. Te la donna-t-il au moins ?

RICHARD.

Oüi, d'abord. Il me renferma dans la Tour, où j'aurois vêcu assez doucement : mais mes Amis me firent plus de mal que mes ennemis ; ils voulurent se rallier pour me tirer de captivité, & pour renverser l'Usurpateur. Alors il se défit de moi malgré lui ; car il n'avoit pas envie de se rendre coupable de ma mort.

LE P. DE GALLES.

Voilà un malheur complet. Mon fils est foible & inégal : sa

vertu mal soûtenue le rend méprisable ; il s'allie avec ses ennemis, & souleve ses Sujets ; il ne
prévoit point l'orage ; il se décourage dès qu'il est attaqué ; il
perd les occasions de punir l'U-
surpateur ; il demande lâchement la vie, & ne l'obtient pas.
O Ciel ! vous vous joüez de la
gloire des Princes, & de la prosperité des Etats. Voilà le petit-
fils d'Edouard qui a vaincu Philippe & ravagé son Royaume.
Voilà mon fils ; de moi qui ai
pris le Roy Jean, & fait trembler
la France & l'Espagne.

III. DIALOGUE.

CHARLES VII. ET JEAN DUC DE BOURGOGNE.

La cruauté & la perfidie augmentent les
périls, loin de les diminuer.

LE DUC DE BOURGOGNE.

Maintenant que toutes nos affaires sont finies, & que nous n'avons plus d'interêt parmi les vivans, parlons je vous prie sans passion : Pourquoi me faire assassiner ? Un Dauphin faire cette trahison à son propre sang, & à son Cousin, qui....

CHARLES VII.

A son Cousin qui vouloit tout brouiller, & qui pensa ruiner la France. Vous prétédiez me gouverner comme vous aviez gou-

verné les deux Dauphins mes
Freres qui étoient avant moi.

Le D. de Bourgog.

Mais quoi affaffiner ! Cela eft
infâme.

Charles VII.

Affaffiner eft le plus fûr.

Le D. de Bourgog.

Quoi dans un lieu où vous m'a-
viez attiré par les promeffes les
plus folemnelles. J'entre dans la
Barriere (il me femble que j'y fuis
encore) avec Noailles frere du
Captal de Buch. Ce perfide Ta-
niguy du Chaftel me maffacre in-
humainement avec ce pauvre
Noailles.

Charles VII.

Vous déclamerez tant qu'il
vous plaira, mon Coufin, je m'en
tiens à ma premiere maxime ;
quand on a affaire à un homme
auffi violent , & auffi broüillon

que vous l'étiez, affaffiner eft le plus fûr.

LE D. DE BOURGOG.

Le plus fûr, vous n'y fongez pas.

CHARLES VII.

J'y fonge ; c'eft le plus fûr, vous dis-je.

LE D. DE BOURGOG.

Eft-ce le plus fûr de fe jetter dans tous les périls où vous vous êtes précipité en me faifant périr ? Vous vous êtes fait plus de mal en me faifant affaffiner, que je n'aurois pû vous en faire.

CHARLES VII.

Il y a bien à dire. Si vous ne fuffiez mort, j'étois perdu, & la France avec moi.

LE D. DE BOURGOG.

Avois-je interêt de ruiner la France ? je voulois la gouverner, & point la détruire ni l'abattre : il auroit mieux valu fouffrir quel-

que chofe de ma jaloufie & de
mon ambition : après tout j'étois
de votre fang. Affez prêt de fucceder à la Couronne, j'avois un
très-grand intérêt d'en conferver
la grandeur. Jamais je n'aurois pu
me réfoudre à me liguer contre la
France , avec les Anglois fes ennemis : mais votre trahifon &
mon maffacre mirent mon fils ,
quoiqu'il fut bon homme , dans
une efpece de néceffité de vanger
ma mort, & de s'unir aux Anglois.
Voilà le fruit de votre perfidie :
c'étoit de former une ligue de la
Maifon de Bourgogne avec la
Reine votre mere & avec les Anglois pour renverfer la Monarchie
Françoife ; la cruauté & la perfidie, bien loin de diminuer les périls , les augmentent fans mefure,
jugez-en par votre propre expérience ; ma mort en vous déli-
vrant d'un ennemi , vous en fit de

bien plus terribles, & mit la France dans un état cent fois plus déplorable. Toutes les Provinces furent en feu , toute la Campagne étoit au pillage, & il a fallu des miracles pour vous tirer de l'abîme où cet execrable affassinat vous avoit jetté: après cela, venez encore me dire d'un ton décisif, affassiner est le plus sûr.

CHARLES VII.

J'avoüe que vous m'embarassez par le raisonnement, & je vois que vous êtes bien subtil & politique, mais j'aurai ma revanche par les faits. Pourquoi croyez-vous qu'il n'est pas bon d'affassiner ; n'avez-vous pas fait affassiner mon Oncle le Duc d'Orleans? alors vous pensiez sans doute comme moi,& vous n'étiez pas encore si Philosophe.

LE D. DE BOURGOG.

Il est vrai , & je m'en suis mal

trouvé, comme vous voyez. Une bonne preuve que l'assassinat est un mauvais expedient, est de voir combien il m'a réüssi mal. Si j'eusse laissé vivre le Duc d'Orleans, vous n'auriez jamais songé à m'ôter la vie, & je m'en serois fort bien trouvé ; celui qui commence de telles affaires doit prévoir qu'elles finiront par lui: dès qu'il entreprend sur la vie des autres, la sienne n'a plus un quart d'heure d'assuré.

CHARLES VII.

Hé bien, mon Cousin, nous avons tous deux tort. Je n'ai pas été assassiné à mon tour comme vous, mais j'ai souffert d'étranges malheurs.

I V.   DIALOGUE.

LOUIS XI. & LE CARDINAL BESSARION.

Un Sçavant n'est pas propre pour gouverner, mais il vaut encore mieux qu'un
bel esprit, qui ne peut souffrir ni la justice
ni la bonne foi.

LOUIS XI.

BOn jour Monsieur le Cardinal ; je vous recevrai aujour-
d'hui plus civilement que quand
vous vintes me voir de la part du
Pape. Le Ceremonial ne peut
plus nous broüiller, toutes les
Ombres font ici pêle-mêle, &
incognito, les rangs font confon-
dus.

LE C. BESSARION.

J'avoüe que je n'ai pas encore oublié votre injustice, quand
vous

vous me prîtes par la barbe, dès le commencement de ma Harangue.

L O U I S XI.

Cette barbe grecque me surprit, & je voulois couper court pour la Harangue, qui eût été longue & superfluë.

Le C. BESSARION.

Pourquoi cela ? Ma Harangue étoit des plus belles : je l'avois composée sur le modelle d'Isocrate, de Lysias, d'Hyperides, & de Periclès.

L O U I S XI.

Je ne connois point tous ces Messieurs-là ; vous aviez été voir le Duc de Bourgogne mon Vassal, avant que de venir chez moi; il auroit bien mieux valu ne lire pas tant vos vieux Auteurs, & sçavoir mieux les regles du siécle present ; vous vous conduisîtes

comme un pédant qui n'a aucune
connoissance du monde.

Le C. Bessarion.

J'avois pourtant étudié à fond
les Loix de Dracon, celles de Ly-
curgus, & de Solon, les Loix &
la République de Platon ; tout ce
qui nous reste des anciens Orateurs qui ont gouverné le peuple : Enfin les meilleurs Scholias-
tes d'Homere, qui ont parlé de
la Police d'une République.

Louis XI.

Et moi je n'ai jamais rien lû
de tout cela ; mais je sçai qu'il
ne falloit pas qu'un Cardinal envoyé par le Pape, pour faire rentrer le Duc de Bourgogne dans
mes bonnes graces, allât le voir
avant que venir chez moi.

Le C. Bessarion.

J'avois cru pouvoir suivre *l'Uste-
ron Proteron* des Grecs ; je sçavois
même par la Philosophie, *que ce*

qui eſt le premier, quant à l'inten-
tion eſt le dernier, quant à l'execu-
tion.

LOUIS XI.

Oh, laiſſons-là votre Philoſo-
phie : venons au fait.

LE C. BESSARION.

Je vois en vous toute la barba-
rie des Latins, chez qui la Gréce
déſolée après la priſe de Conſtan-
tinople, eſſaye en vain de défri-
cher l'eſprit & les Lettres.

LOUIS XI.

L'eſprit ne conſiſte que dans le
bon ſens, & point dans le Grec :
la raiſon eſt dans toutes les Lan-
gues : il falloit garder l'ordre, &
mettre le Seigneur avant le Vaſſal. Les Grecs que vous vantez
tant, n'étoient que des ſots, s'ils
ne ſçavoient pas ce que ſçavent les
hommes les plus groſſiers : mais je
ne puis m'empêcher de rire quand
je me ſouviens comment vous

voulûtes négocier : dès que je ne
convenois pas de vos maximes,
vous ne me donniez pour toute
raison que des paſſages de Sopho-
cle, de Lycophron, & de Pindare.
Je ne ſçai comment j'ai retenu ces
noms, dont je n'avois jamais ouï
parler qu'à vous : mais je les ai
retenus à force d'être choqué de
vos citations. Il étoit queſtion des
Places de la Somme, & vous me
citiez un Vers de Ménandre, ou
de Callimaque. Je voulois demeurer uni aux Suiſſes, & au Duc de
Lorraine, contre le Duc de Bourgogne, & vous me prouviez par
Gorgias & Platon, que ce n'é-
toit pas mon véritable intérêt. Il
s'agiſſoit de ſçavoir ſi le Roi d'Angleterre ſeroit pour ou contre
moi, vous m'alléguiez l'exemple
d'Epaminondas. Enfin vous me
conſolâtes de n'avoir jamais guéres étudié. Je diſois en moi-mê-

me ; heureux celui qui ne fçait
point tout ce que les autres ont
dit, & qui fçait un peu ce qu'il
faut dire.

Le C. BESSARION.

Vous m'étonnez par votre mauvais goût : je croyois que vous
aviez affez bien étudié. On m'a-
voit dit que le Roi votre Pere
vous avoit donné un affez bon
Précepteur, & qu'enfuite vous
aviez pris plaifir en Flandre chez
le Duc de Bourgogne à faire rai-
fonner tous les jours de la Philo-
fophie.

Louis XI.

J'étois encore bien jeune quand
je quittai le Roi mon Pere, &
mon Précepteur. Je paffai à la
Cour de Bourgogne, où l'inquiétude & l'ennui me réduifirent à
goûter un peu quelques Sçavans :
mais j'en fus bientôt dégoûté ; ils
étoient pédans, imbéciles comme

vous ; ils n'entendoient point les
affaires; ils ne connoissoient point
les differens caracteres des hommes ; ils ne sçavoient ni dissimuler,
ni se taire, ni s'insinuer , ni entrer
dans les passions d'autrui, ni trouver des ressources dans les difficultez , ni deviner les desseins des
autres: ils étoient vains, indiscrets,
disputeurs , toujours occupez de
mots & de faits inutiles , pleins de
subtilitez qui ne persuadent personne ; incapables d'apprendre à
vivre, & de se contraindre : je ne
peux souffrir de tels animaux.

LE C. BESSARION.

Il est vrai que les Sçavans ne
sont pas d'ordinaire trop propres à
l'action , parce qu'ils aiment le
repos des Muses ; il est vrai aussi
qu'ils ne sçavent guéres se contraindre ni dissimuler, parce qu'ils
sont au dessus des passions grossieres des hommes , & de la fla-

terie que les Tyrans demandent.

LOUIS XI.

Allez grande barbe , Pédant hériffé de Grec , vous perdez le refpect qui m'eft dû.

LE C. BESSARION.

Je ne vous en dois point. Le Sage, fuivant les Stoïciens, & toute la Secte du Portique, eft plus Roi que vous ne l'avez jamais été , par le rang & par la puiffance ; vous ne le fûtes jamais comme le Sage , par un veritable empire fur vos paffions : d'ailleurs vous n'avez plus qu'une ombre de Royauté ; d'Ombre à Ombre je ne vous céde point.

LOUIS XI.

Voyez l'infolence de ce vieux Pédant.

LE C. BESSARION.

J'aime encore mieux être Pédant que fourbe, & tyran du genre humain : je n'ai pas fait mourir mon frere ; je n'ai pas tenu en prifon mon fils ; je n'ai employé ni le poifon ni l'affaffinat pour me défaire de mes ennemis ; je n'ai point eu une vieilleffe affreufe , femblable à celle des Tyrans que la Grece a tant déteftez : mais il faut vous excufer. Avec beaucoup de fineffe & de vivacité, vous aviez beaucoup de chofes d'une tête un peu démontée ; ce n'étoit pas pour rien que vous étiez fils d'un homme qui s'étoit laiffé mourir de faim, & petit-fils d'un autre qui avoit été renfermé tant d'années : votre fils même n'a la cervelle guéres affurée , & ce fera un grand bonheur pour la France, fi la Couronne paffe après lui dans une branche plus fenfée.

LOUIS XI.

J'avouë que ma tête n'étoit pas tout-à-fait bien reglée : j'avois des foiblesses, des visions noires, des emportemens furieux : mais j'avois de la pénétration, du courage, de la ressource dans l'esprit, des talens pour gagner les hommes, & pour accroître mon autorité : je sçavois fort bien laisser à l'écart un Pédant inutile à tout, & découvrir les qualitez utiles dans les sujets les plus obscurs ; dans les langueurs même de ma derniere maladie, je conservai encore assez de fermeté d'esprit pour travailler à faire une paix avec Maximilien ; il attendoit ma mort, & ne cherchoit qu'à éluder la conclusion. Par mes Emissaires secrets, j'ai soulevé les Gantois contre lui : je le réduisis à faire malgré lui un traité de paix avec moi, où il me donnoit pour mon fils, Marguerite sa fille avec trois Provinces. Voilà mon chef-d'œuvre de politique dans ces derniers jours, où l'on me croyoit fou. Allez, vieux Pédant, allez chercher vos Grecs, qui n'ont jamais fçû autant de politique que moi : allez chercher vos Sçavans, qui ne favent que lire & parler de leurs livres ; qui ne favent ni agir ni vivre avec les hommes.

Le C. Bessarion.

J'aime encore mieux un Sçavant qui n'est pas propre aux affaires, & qui ne fçait que ce qu'il a lû, qu'un esprit inquiet, artificieux, & entreprenant, qui ne peut souffrir ni la justice, ni la bonne foi, & qui renverse tout le genre humain.

V. DIALOGUE.

LOUIS XI. ET LE CARDINAL DE LA BALUE.

Un méchant Prince rend ses Sujets traîtres & infideles.

LOUIS XI.

COmment osez-vous, scélérat, vous présenter devant moi après toutes vos trahisons ?

LE C. DE LA BALUE.

Où voulez-vous donc que je m'aille cacher ? Ne suis-je pas assez caché dans la foule des Ombres ? Nous sommes tous égaux ici-bas.

LOUIS XI.

C'est bien à vous à parler ainsi, vous qui n'étiez que le fils d'un Meûnier de Verdun.

LE C. DE LA BALUE.

Hé, c'étoit un mérite auprès

B 6

de vous que d'être de baſſe condition : votre compere le Prevôt
Triſtan ; votre Medecin Coſtier ;
votre Barbier Olivier le Diable ,
étoient vos Favoris & vos Miniſtres. Janfredy avant moi avoit
obtenu la pourpre par votre faveur. Ma naiſſance valoit à peu
près celle de ces gens-là.

Louis XI.

Aucun d'eux n'a fait des trahiſons auſſi noires que toi.

Le C. de la Balue.

Je n'en crois rien. S'ils n'avoient
pas été de malhonêtes gens, vous
ne les auriez ni bien traitez, ni em-
ployez.

Louis XI.

Pourquoi voulez-vous que je
ne les aye pas choiſi pour leur mérite ?

Le C. de la Balue.

Parce que le mérite vous étoit
toujours ſuſpect & odieux ; parce

que la vertu vous faifoit peur, &
que vous n'en fçaviez faire aucun
ufage; parce que vous ne vouliez
vous fervir que d'ames baffes, &
prêtes à entrer dans vos intrigues, dans vos tromperies, dans
vos cruautez. Un honnête hŏme
qui auroit eu horreur de tromper
& de faire du mal, ne vous auroit
été bon à rien, à vous qui ne vouliez que tromper & nuire, pour
contenter votre ambition fans
bornes. Puifqu'il faut parler franchement dans le pays de verité,
j'avoüe que j'ai été un malhonê-
te homme : mais c'étoit par-là que
vous m'aviez préferé à d'autres.
Ne vous ai-je pas bien fervi avec
adreffe pour joüer les Grands &
les peuples ? Avez-vous trouvé
un fourbe plus fouple que moi
pour tous les perfonnages ?

L O U I S XI.

Il eft vrai : mais en trompant

les autres pour m'obéir, il ne falloit pas me tromper moi-même :
vous étiez d'intelligence avec le
Pape, pour me faire abolir la
Pragmatique, sans consulter si
cela s'accordoit avec les verita-
bles interêts de la France.

LE C. DE LA BALUE.

Hé vous étiez-vous jamais sou-
cié ni de la France, ni de ses ve-
ritables interêts? Vous n'avez jamais regardé que les vôtres, vous
vouliez tirer parti du Pape. Je
n'ai fait que vous servir à votre
mode. LOUIS XI.

Mais c'est vous qui me portiez
à ne comter pour rien tout ce qui
n'étoit pas mon interêt present,
sans m'embarrasser de celui de
ma Couronne même, à laquelle
étoit attachée ma veritable grã-
deur. LE C. DE LA BALUE.

Point : je voulois que vous ven-
dissiez cherement cette pancarte

crasseuse à la Cour de Rome; mais allons plus loin. Quand même je vous aurois trompé, qu'auriez-vous à me dire?

LOUIS XI.

Comment, à vous dire? Je vous trouve bien plaisant. Si nous étions encore vivans, je vous remettrois bien en cage.

LE C. DE LA BALUE.

Ho, j'y ai assez demeuré! Si vous me fâchez, je ne dirai plus mot: Sçavez-vous que je ne crains gué-res les mauvaises humeurs d'une Ombre de Roi? Quoi donc, vous croyez être encore au Plessis-lez-Tours avec vos assassins.

LOUIS XI.

Non: je sçai que je n'y suis pas, & bien vous en vaut; mais enfin je veux bien vous entendre pour la rareté du fait. Ç'a, prouvez-moi par vives raisons que vous avez dû trahir votre Maître.

Le C. de la Balue.

Ce paradoxe vous surprend : mais je m'en vais vous le vérifier à la lettre.

Louis XI.

Voyons ce qu'il va dire.

Le C. de la Balue.

N'est-il pas vrai qu'un pauvre fils de Meûnier qui n'a jamais eu d'autre éducation que la Cour d'un grand Roi, a dû suivre les maximes qui passoient pour les plus habiles & pour les meilleures d'un commun consentement ?

Louis XI.

Ce que vous dites a quelque vraisemblance.

Le C. de la Balue.

Mais répondez oüi ou non sans vous fâcher.

Louis XI.

Je n'ose nier une chose qui paroît si bien fondée, ni avoüer ce qui

peut m'embaraſſer par ſes conſe-
quences.

Le C. de la Balue.

Je vois bien qu'il faut que je
prenne votre ſilence pour un aveu
forcé : la maxime fondamentale
de tous vos conſeils que vous avez
répanduë dans toute votre Cour,
étoit de faire tout pour vous ſeul.
Vous ne comptiez pour rien les
Princes de votre Sang, ni la Reine
que vous teniez captive & éloignée, ni le Dauphin que vous éle-
viez dans l'ignorance & en priſon,
ni le Royaume que vous déſoliez
par votre politique dure & cruelle,
aux interêts duquel vous préfériez
ſans ceſſe la jalouſie pour l'autorité tyrannique; vous ne comptiez
même pour rien les Favoris & les
Miniſtres les plus affidez dont vous
vous ſerviez pour tromper les autres. Vous n'en avez jamais aimé
aucun, & ne vous êtes jamais con-

fié à aucun d'eux que pour le befoin : vous cherchiez à les tromper
à leur tour comme le reste des
hommes ; vous étiez prêt à les fa-
crifier fur le moindre ombrage, ou
pour la moindre utilité. On n'a-
voit jamais un feul moment d'af-
furé avec vous. Vous vous joüïez
de la vie des hommes ; vous n'ai-
miez perfonne : qui vouliez-vous
qui vous aimât ? Vous vouliez
tromper tout le monde : qui vouliez-vous qui fe livrât à vous de
bonne foi , de bonne amitié & fans
interêt ? Cette fidelité définteref-
fée, où l'aurions-nous apprife ? la
méritiez-vous ? l'efpériez-vous ? la
pouvoit-on pratiquer auprès de
vous & dans votre Cour ? Auroit-
on pû durer huit jours chez vous
avec un cœur droit & fincere ?
N'étoit-on pas forcé d'être un fri-
pon dès qu'on vous approchoit ?
N'étoit-on pas déclaré fcélérat

dès qu'on parvenoit à votre faveur? puisqu'on n'y parvenoit jamais que par la scélératesse : Ne
deviez-vous pas le tenir pour dit ?
Si on avoit voulu conserver quelque honneur & quelque conscien-
ce, on se seroit bien gardé d'être
connu de vous : on seroit allé au
bout du monde plûtôt que de vivre
à votre service ; dès qu'on est fri-
pon, on l'est pour tout le monde.
Voudriez-vous qu'une ame que
vous avez gangrénée, & à qui vous
n'avez inspiré que la scélératesse
pour tout le genre humain, n'ait
jamais que vertu pure & sans tache ; que fidélité désintéressée &
héroïque pour vous seul ? Etiez-
vous assez dupe pour le penser ?
Ne comptiez-vous pas que tous les
hommes seroient pour vous, comme vous pour eux ? Quand même
on auroit été bon & sincére pour
tous les autres hommes, on auroit

été forcé de devenir faux & méchant à votre égard en vous trahissant ; je n'ai donc fait que suivre vos leçons, que marcher sur vos traces ; que vous rendre ce que vous donniez tous les jours ; que faire ce que vous attendiez de moi ; que prendre pour le principe de ma conduite le principe que vous gardiez, comme le seul qui doit animer tous les hommes? Vous auriez méprisé un homme qui auroit connu d'autre intérêt que le sien propre. Je n'ai pas voulu mériter votre mépris ; & j'ai mieux aimé vous tromper, que d'être un sot selon vos principes.

Louis XI.

J'avouë que votre raisonnement me presse & m'incommode : mais pourquoi vous entendre avec mon frere le Duc de Guyenne, & avec le Duc de Bourgogne mon plus cruel ennemi.

Le C. de la Balue.

C'eſt parce qu'ils étoient vos plus dangereux ennemis, que je me liai avec eux, pour avoir une reſſource contre vous, ſi votre jalouſie ombrageuſe vous portoit à me perdre. Je ſçavois que vous compteriez ſur mes trahiſons, & que vous pourriez les croire ſans fondement : j'aimois mieux vous trahir pour me ſauver de vos mains, que périr dans vos mains ſur des ſoupçons, ſans vous avoir trahi. Enfin j'étois bien aiſe, ſelon vos maximes, de me faire valoir dans les deux partis, & de tirer de vous dans l'embaras des affaires la récompenſe de mes ſervices, que vous ne m'auriez jamais accordé de bonne grace dans un tems de paix. Voilà ce que doit attendre de ſes Miniſtres un Prince ingrat, défiant, trompeur, qui n'aime que lui.

LOUIS XI.

Mais voici tout de même ce que
doit attendre un traître qui vend
son Roi ; on ne le fait pas mourir
quand il eſt Cardinal : mais on le
tient onze ans en priſon ; on le dépoüille de ſes treſors.

LE C. DE LA BALUE.

J'avouë que mon unique faute
fut de ne vous tromper pas avec
aſſez de précaution, & laiſſer in-
tercepter mes Lettres. Remettez-
moi encore dans l'occaſion, je vous
tromperai encore ſelon vos méri-
tes : mais je vous tromperai plus
ſubtilement de peur d'être découvert.

VI. DIALOGUE.

LOUIS XI. & PHILIPPE DE COMMINES.

Les foiblesses & les crimes des Rois ne sçauroient être cachez.

LOUIS XI.

L'On dit que vous avez écrit mon Histoire.

PH. DE COMMINES.

Il est vrai, Sire, & j'ai parlé en bon domestique.

LOUIS XI.

Mais on assûre que vous avez raconté bien des choses, dont je me serois passé volontiers.

PH. DE COMMINES.

Cela peut être ; mais en gros j'ai fait de vous un portrait fort a-vantageux. Voudriez-vous que j'eusse été un flateur perpetuel, au lieu d'être un Historien ?

LOUIS XI.

Vous deviez parler de moi comme un Sujet comblé de graces de son Maître.

PH. DE COMMINES.

C'est le moyen de n'être crû de personne. La reconnoissance n'est pas ce qu'on cherche dans une Histoire : au contraire c'est ce qui la rend suspecte.

LOUIS XI.

Pourquoi faut-il qu'il y ait des gens qui ayent la démangeaison d'écrire. Il faut laisser les Morts en paix , & ne flêtrir point leur mémoire.

PH. DE COMMINES.

La vôtre étoit étrangement noircie ; j'ai tâché d'adoucir les impressions déja faites : J'ai relevé toutes vos bonnes qualitez ; je vous ai déchargé de toutes les choses odieuses. Que pouvois-je faire de mieux ?

LOUIS XI.

LOUIS XI.

Ou vous taire, ou me défendre en tout. On dit que vous avez représenté toutes mes grimaces, toutes mes contorsions lorsque je parlois tout seul, toutes mes intrigues avec de petites gens. On dit que vous avez parlé du crédit de mon Prevôt, de mon Médecin, de mon Barbier, & de mon Tailleur; vous avez étalé mes vieux habits. On dit que vous n'avez pas oublié mes petites dévotions, sur-tout à la fin de mes jours; mon empressement à ramasser des Reliques, à me faire frotter depuis la tête jusqu'aux pieds de l'huile de la Sainte-Ampoule, & à faire des pelerinages, par où je prétendois toujours avoir été guéri. Vous avez fait mention de ma petite Notre-Dame de plomb, que je baisois dès que je voulois faire un mauvais coup. Enfin de la Croix de S. Lo, par laquelle je n'osois jurer sans vouloir garder mon serment, parce que j'aurois crû mourir dans l'année si j'y avois manqué. Tout cela est fort ridicule.

PH. DE COMMINES.

Tout cela n'est-il pas vrai ? Pouvois-je le taire ?

LOUIS XI.

Vous pouviez n'en rien dire.

PH. DE COMMINES.

Vous pouviez n'en rien faire.

LOUIS XI.

Mais cela étoit fait, & il ne faloit pas le dire.

PH. DE COMMINES.

Mais cela étoit fait, & je ne pouvois pas le cacher à la postérité.

LOUIS XI.

Quoi ne peut-on pas cacher certaines choses ?

PH. DE COMMINES.

Et croyez vous qu'un Roi puisfe être caché après fa mort, comme vous cachiez certaines intrigues pendant votre vie? Je n'aurois rien fauvé par mon filence, & je me ferois deshonoré. Contentez-vous que je pouvois dire bien pis & être crû, & je ne l'ai pas voulu faire.

LOUIS XI.

Quoi, l'Hiftoire ne doit-elle pas refpecter les Rois?

PH. DE COMMINES.

Les Rois ne doivent-ils pas refpecter l'Hiftoire & la Poftérité, à la cenfure de laquelle ils ne peuvent échaper? Ceux qui veulent qu'on ne parle pas mal d'eux, n'ont qu'une feule reffource, qui eft de bien faire.

VII. DIALOGUE.

Louis XI. & Charles Duc de Bourgogne.

Les méchans qui ne connoissent point la vraye vertu, à force de tromper & se défier des autres, sont trompez eux-mêmes.

Louis XI.

JE suis fâché, mon Cousin, des malheurs qui vous sont arrivez.

Charl. de Bourgog.

C'est vous qui en êtes cause ; vous m'avez trompé.

Louis XI.

C'est votre orgueil & votre emportement qui vous trompoient. Avez-vous oublié que je vous avertis qu'un homme m'avoit offert de vous faire périr ?

Charl. de Bourgog.

Je ne puis le croire ; je m'imagine que si la chose eût été vraye,

vous n'auriez pas eu assez de probité pour m'en avertir, & que vous
l'aviez inventée pour me faire
peur, en me rendant suspect tous
ceux dont je me servois; cette four-
berie étoit assez de votre caractere, & je n'avois pas grand tort de
vous l'attribuer. Qui n'eût pas
été trompé comme moi dans une
occasion où vous étiez bon & sincere?

LOUIS XI.

Je conviens qu'il n'étoit pas à
propos de se fier souvent à ma
sincérité ; mais encore valoit-il
mieux se fier à moi qu'au traître
Campobache qui te vendit six
mille écus.

CHARL. DE BOURGOG.

Voulez-vous que je parle ici
franchement, puisqu'il ne s'agit
plus de politique chez Pluton :
nous étions tous deux dans d'é-
tranges maximes ; nous ne con-

noissions ni vous ni moi aucune
vertu : en cet état à force de se
défier , on persecute souvent les
gens de bien ; puis on se livre par
une espece de nécessité au premier
venu ; & ce premier venu est
d'ordinaire un scélerat , qui s'in-
sinuë par sa flaterie. Mais dans le
fond mon naturel étoit meilleur
que le vôtre : j'étois prompt, &
d'une humeur un peu farouche ;
mais je n'étois ni trompeur , ni
cruel comme vous. Avez-vous
oublié qu'à la conférence de Con-
flans vous m'avoüâtes que j'étois
un vrai Gentilhomme, & que je
vous avois bien donné la parole
que j'avois donnée à l'Archevêque de Narbonne ?

LOUIS XI.

Bon , c'étoit des paroles flateu-
ses que je vous dis alors, pour

vous amuſer, & pour vous dé-
tacher des autres Chefs de la
ligue du bien public. Je ſçavois
bien qu'en vous loüant je vous
prendrois pour duppe.

C 4

VIII. DIALOGUE.

LOUIS XI. & LOUIS XII.

La générosité & la bonne foi, sont de plus
sûres maximes de la politique, que
la cruauté & la finesse.

LOUIS XI.

VOilà, si je ne me trompe, un de mes Successeurs. Quoique les Ombres n'ayent plus ici-bas aucune majesté, il me semble que celle-ci pourroit bien être quelque Roi de France; car je vois que ces autres Ombres la respectent, & lui parlent François. Qui es-tu? dis-le moi, je te prie.

LOUIS XII.

Je suis le Duc d'Orleans, devenu Roi sous le nom de Louis XII.

LOUIS XI.

Comment as-tu gouverné mon Royaume?

L o u i s X I I.

Tout autrement que toi ; tu te
faifois craindre ; je me fuis fait
aimer. Tu as commencé à charger les peuples. Je les ai foulagez;
& j'ai préféré leur repos à la gloire
de vaincre mes ennemis.

L o u i s X I.

Tu fçavois donc bien mal l'art
de regner. C'eft moi qui ai mis
mes fucceffeurs dans une autorité
fans bornes ; c'eft moi qui ai dif-
fipé les ligues des Princes & des
Seigneurs ; c'eft moi qui ai levé
des fommes immenfes. J'ai découvert les fecrets des autres. J'ai fçu
cacher les miens. La fineffe, la
hauteur & la févérité, font les
vrayes maximes du gouvernement. J'ai grand peur que tu auras tout gâté, & que ta moleffe
aura détruit tout mon Ouvrage.

L o u i s X I I.

J'ai montré par le fuccès de

mes maximes, que les tiennes é-
toient fausses & pernicieuses. Je
me suis fait aimer : j'ai vécu en
paix sans manquer de parole, sans
répandre de sang, sans ruiner mon
peuple. Ta mémoire est odieuse ;
la mienne est respectée. Pendant
ma vie on m'a été fidele ; après
ma mort on me pleure,& on craint
de ne retrouver jamais un aussi
bon Roi. Quand on se trouve si
bien de la générosité & de la bonne foi, on doit bien mépriser la
cruauté & la finesse.

LOUIS XI.

Voilà une belle Philosophie,
que tu auras sans doute apprise
dans cette longue prison, où l'on
m'a dit que tu as languis avant
que de monter sur le trône.

LOUIS XII.

Cette prison a été moins honteuse, que la tienne de Peronne.
Voilà à quoi sert la finesse & la

tromperie ; on se fait prendre par son ennemi ; la bonne foi n'expoferoit pas à de si grands périls.

Louis XI.

Mais j'ai sçu par adresse me tirer des mains du Duc de Bourgogne.

Louis XII.

Oüi, à force d'argent, dont tu corrompis ses domestiques ; & en le suivant honteusement à la ruine de tes alliez, les Liegeois, qu'il te fallut aller voir périr.

Louis XI.

As-tu étendu le Royaume comme je l'ai fait ? J'ai réuni à la Couronne le Duché de Bourgogne, le Comté de Provence, & la Guyenne même.

Louis XII.

Je t'entends, tu sçavois l'art de te défaire d'un frere pour avoir son partage. Tu as profité du malheur du Duc de Bourgogne, qui courut à sa perte : tu gagnas le Conseiller du Comte de Provence pour attraper sa succession. Pour moi je me suis contenté d'avoir la Bretagne, par une alliance légitime avec l'heritiere de cette Maison que j'aimois, & que j'épousai après la mort de ton fils. D'ailleurs j'ai moins songé à avoir de nouveaux Sujets, qu'à rendre fideles & heureux ceux que j'avois déja. J'ai éprouvé même par les guerres de Naples & de Milan combien les conquêtes éloignées nuisent à un Etat.

Louis XI.

Je vois bien que tu manquois d'ambition & de génie.

Louis XII.

Je manquois de ce génie faux & trompeur qui t'avoit tant décrié, & de cette ambition qui met l'honneur à compter pour rien la sincerité & la justice.

LOUIS XI.

Tu parles trop.

LOUIS XII.

C'eſt toi qui as ſouvent trop parlé. As-tu oublié le Marchand de Bordeaux établi en Angleter-re, & le Roi Edouard que tu con-vias à venir à Paris ? Adieu.

IX. DIALOGUE.

LE CONNESTABLE DE BOUR-BON & BAYARD.

Il n'eſt jamais permis de prendre les armes contre ſa Patrie.

LE CONNESTABLE.

N'Eſt-ce point le pauvre Bayard que je vois au pied de cet arbre étendu ſur l'herbe, & percé d'un grand coup ? Oüi c'eſt lui-même. Helas! je le plains. En voilà deux qui périſſent aujourd'hui par nos armes, Vandeneſſe & lui. Ces deux François étoient deux ornemens de leur Nation par leur courage. Je ſens que mon cœur eſt encore touché pour ſa Patrie. Mais avançons pour lui parler. Ah ! mon pauvre Bayard, c'eſt avec douleur que je te vois en cet état.

BAYARD.

C'eſt avec douleur que je vous vois auſſi.

LE CONNESTABLE.

Je comprends bien que tu es fâché de te voir dans mes mains par le ſort de la guerre : mais je ne veux point te traiter en priſonnier : je te veux garder comme un bon ami, & prendre ſoin de ta guériſon, comme ſi tu étois mon propre frere : ainſi tu ne dois point être fâché de me voir.

BAYARD.

Hé croyez-vous que je ne ſois point fâché d'avoir obligation au plus grand ennemi de la France ? Ce n'eſt point de ma captivité, ni de ma bleſſure dont je ſuis en peine. Je meurs dans un moment; la mort va me délivrer de vos mains.

LE CONNESTABLE.

Non, mon cher Bayard, j'eſ-

pere que nos foins réüffiront pour
te guérir.

BAYARD.

Ce n'eft point là ce que je cherche, & je fuis content de mourir.

LE CONNESTABLE.

Qu'as-tu donc ? Eft-ce que tu
ne fçaurois te confoler d'avoir été
vaincu & fait prifonnier dans la
retraite de Bonnirch : ce n'eft pas
ta faute ; c'eft la fienne : les armes
font journalieres. Ta gloire eft
affez bien établie par tant de belles
actions. Les Impériaux ne pour-
ront jamais oublier cette vigou-
reufe défenfe de Mezieres contre
eux.

BAYARD.

Pour moi je ne puis jamais oublier que vous êtes ce grand Connêtable ; ce Prince du plus noble
Sang qu'il y ait dans le monde, &
qui travaille à déchirer de fes pro-

pres mains sa Patrie, & le Royaume de ses Ancêtres.

LE CONNESTABLE.

Quoi, Bayard, je te louë, & tu
me condamnes ! Je te plains, & tu
m'insultes !

BAYARD.

Si vous me plaignez, je vous
plains aussi ; & je vous trouve bien
plus à plaindre que moi ; je sors
de la vie sans tache. J'ai sacrifié
la mienne à mon devoir ; je meurs
pour mon pays, pour mon Roi,
estimé des ennemis de la France,
& regreté de tous les bons François. Mon état est digne d'envie.

LE CONNESTABLE.

Et moi je suis victorieux d'un ennemi qui m'a outragé ; je me vange de lui ; je le chasse du Milanois ; je fais sentir à toute la France combien elle est malheureuse de
m'avoir perdu, en me poussant à

bout ; appelles-tu cela être à plaindre ?

BAYARD.

Oüi, on est toujours à plaindre quand on agit contre son devoir ; il vaut mieux périr en combattant pour la Patrie, que la vaincre & triompher d'elle. Ah ! quelle horrible gloire que celle de détruire son propre pays.

LE CONNESTABLE.

Mais ma Patrie a été ingrate après tant de services que je lui avois rendu. Madame m'a fait traiter indignement par un dépit d'amour. Le Roi par foiblesse pour elle m'a fait une injustice énorme. En me dépoüillant de mon bien, on a détaché de moi jusqu'à mes domestiques, Matignon & d'Argouges. J'ai été contraint pour sauver ma vie de m'enfuir presque seul ; que voulois-tu que je fisse ?

BAYARD.

Que vous fouffriffiez toutes
fortes de maux, plûtôt que de
manquer à la France, & à la grandeur de votre Maifon. Si la perfé-
cution étoit trop violente, vous
pouviez vous retirer ; mais il valoit mieux être pauvre, obfcur,
inutile à tout, que de prendre les
armes contre nous. Votre gloire
eut été au comble dans la pauvreté, & dans le plus miferable
exil.

LE CONNESTABLE.

Mais ne vois-tu pas que la van-
geance s'eft jointe à l'ambition
pour me jetter dans cette extrémité ? J'ai voulu que le Roi fe repen-
tît de m'avoir traité fi mal.

BAYARD.

Il falloit l'en faire repentir par
une patience à toute épreuve, qui
n'eft pas moins la vertu d'un Heros, que le courage.

LE CONNESTABLE.

Mais le Roi étant si injuste &
si aveuglé par sa mére, méritoit-il
que j'eusse de si grands égards
pour lui?

BAYARD.

Si le Roi ne le méritoit pas ; la
France entiere le méritoit. La
dignité même de la Couronne,
dont vous êtes un des heritiers, le
méritoit. Vous vous deviez à
vous-même d'épargner la France,
dont vous pouvez être un jour
Roi.

LE CONNESTABLE.

Hé bien j'ai tort, je l'avouë ;
mais ne sçais-tu pas combien les
meilleurs cœurs ont de peines de
résister à leur ressentiment?

BAYARD.

Je le sçai bien : mais le vrai
courage consiste à résister; si vous
connoissez votre faute, hâtez-
vous de la réparer : pour moi je

meurs ; & je vous trouve plus à
plaindre dans vos prospéritez ,
que moi dans mes souffrances.
Quand l'Empereur ne vous trom-
peroit pas ; quand même il vous
donneroit sa Sœur en mariage, &
qu'il partageroit la France avec
vous, il n'effaceroit point la tache qui deshonore votre vie. Le
Connêtable de Bourbon rebelle ;
ah ! quelle honte! Ecoutez Bayard
mourant comme il a vêcu , & ne
cessant de dire la verité.

X. DIALOGUE.

LOUIS XII. & FRANÇOIS I.

Il vaut mieux être Pere de la Patrie, en
gouvernant son Royaume en paix,
que d'être grand Conquérant.

LOUIS XII.

MOn cher Cousin, dites-moi
des nouvelles de la France.
J'ai toujours aimé mes Sujets comme mes Enfans. J'avoüe que j'en
suis en peine. Vous étiez bien jeune en toute maniere quand je
vous laissai la Couronne. Comment avez-vous gouverné mon
pauvre Royaume?

FRANÇOIS I.

J'ai eu quelques malheurs; mais
si vous voulez que je vous parle
franchement, mon regne a donné à
la France bien plus d'éclat que le
vôtre.

Louis XII.

Ho, mon Dieu, c'eſt cet éclat
que j'ai toujours craint ; je vous
ai connu dès votre enfance d'un
naturel à ruiner les Finances , à
hazarder tout pour la guerre, à
ne rien ſoutenir avec patience ; à
renverſer le bon ordre au-dedans
de l'Etat , & à tout gâter pour faire parler de vous.

François I.

C'eſt ainſi que les vieilles gens
font toujours préoccupez contre
ceux qui doivent être leurs Suc-
ceſſeurs : mais voici le fait. J'ai
ſoutenu une horrible guerre contre Charles-Quint Empereur &
Roi d'Eſpagne. J'ai gagné en Italie les fameuſes batailles de Mari-
gnan contre les Suiſſes , & de Ce-
riſoles contre les Impériaux. J'ai
vû le Roi d'Angleterre ligué avec
l'Empereur contre la France ; &
j'ai rendu leurs efforts inutiles.

J'ai cultivé les sciences. J'ai mérité d'être immortalisé par les gens de Lettres ; j'ai fait revivre le siécle d'Auguste au milieu de ma Cour. J'y ai mis la magnificence, la politesse , l'érudition , & la galanterie. Avant moi tout étoit grossier, pauvre, ignorant, gaulois; enfin je me suis fait nommer le Pere des Lettres.

Louis XII.

Cela est beau, & je ne veux point en diminuer la gloire : mais j'aimerois mieux encore que vous eussiez été le Pere du Peuple, que le Pere des Lettres. Avez-vous laissé les François dans la paix, & dans l'abondance ?

François I.

Non ; mais mon fils qui est jeune soûtiendra la guerre ; & ce sera à lui à soulager enfin les peuples épuisez. Vous les ménagiez
plus

plus que moi : mais auffi vous faifiez foiblement la guerre.

L o u i s X I I.

Vous l'avez donc faite fans
doute avec de grands fuccès? Quel-
les font vos conquêtes? Avez..vous
pris le Royaume de Naples?

F r a n ç o i s I.

Non, j'ai eu d'autres expeditions à faire.

L o u i s X I I.

Du moins vous avez confervé
le Milanois.

F r a n ç o i s I.

Il m'eft arrivé bien des accidens
imprévûs.

L o u i s X I I.

Quoi donc, Charles-Quint vous
l'a enlevé ? Avez-vous perdu
quelque bataille ? Parlez, vous
n'ofez tout dire.

F r a n ç o i s I.

J'y fus pris dans une bataille à
Pavie.

Louis XII.

Comment pris. Helas ! en quelle abîme s'est-il jetté par des mauvais conseils ?

C'est donc ainsi que vous m'avez surpassé à la guerre ? Vous avez replongé la France dans les malheurs qu'elle souffrit sous le Roi Jean. O pauvre France que je te plains ! Je l'avois bien prévû : Hé bien je vous entens ; il a fallu rendre des Provinces entieres, & payer des sommes immenses. Voilà à quoi aboutit ce faste, cette hauteur, cette témérité, cette ambition ; & la justice .... comment va-t-elle ?

François I.

Elle m'a donné de grandes ressources. J'ai vendu les Charges de Magistrature.

LOUIS XII.

Et les Juges qui les ont ache-
tées vendront à leur tour la Juftice : mais tant de fommes levées
fur le peuple ont-elles été bien em-
ployées pour lever & faire fubfifter
les armées avec œconomie ?

FRANÇOIS I.

Il en a fallu une partie pour la
magnificence de ma Cour.

LOUIS XII.

Je parie que vos Maîtreffes y
ont eu une plus grande part que
les meilleurs Officiers d'armée ; fi
bien donc que le peuple eft ruiné;
la guerre encore allumée ; la Juftice vénale ; la Cour livrée à toutes les folies des femmes galantes;
tout l'état en fouffrance. Voilà ce
regne fi brillant qui a effacé le
mien. Un peu de modération vous

D 2

auroit fait bien plus d'honneur.

FRANÇOIS I.

Mais j'ai fait plufieurs grandes chofes qui m'ont fait loüer comme un Heros. On m'appelle le grand Roi François.

LOUIS XII.

C'eft-à-dire que vous avez été flaté pour votre argent, & que vous vouliez être Heros aux dépens de l'Etat, dont la feule profperité devoit faire toute votre gloire.

FRANÇOIS I.

Non, les loüanges qu'on m'a données étoient finceres.

LOUIS XII.

Hé y a-t-il quelque Roi fi foible & fi corrompu à qui on n'ait pas donné autant de loüanges que vous en avez reçu ? Donnez-moi le plus indigne de tous les Princes, on lui donnera tous les éloges qu'on vous a donnez. Après cela

achetez des loüanges par tant de
fang & par tant de fommes qui
ruinent un Royaume.

FRANÇOIS I.

Du moins j'ai eu la gloire de
me foutenir avec confiance dans
mes malheurs.

LOUIS XII.

Vous auriez mieux fait de ne
vous mettre jamais dans le befoin
de faire éclater cette confiance.
Le peuple n'avoit que faire de cet
Heroïfme : le Heros ne s'eft-il
point ennuyé en prifon ?

FRANÇOIS I

Oüi fans doute , & j'achetai la
liberté bien cherement.

X I. DIALOGUE.

CHARLES-QUINT, & un Jeune MOINE de S. Juſt.

On cherche ſouvent la ſolitude par inquiétude ; & ceux qui ſont accoutumez au
fracas ne ſçauroient s'accoutumer à la retraite.

CHARLES V.

ALlons, mon Frere, il eſt tems de ſe lever ; vous dormez trop pour un jeune Novice qui doit être fervent.

LE MOINE.

Quand voulez-vous que je dorme, ſinon pendant que je ſuis jeune ? Le ſommeil n'eſt point in-compatible avec la ferveur.

CHARLES V.

Quand on aime l'Office on eſt bientôt éveillé.

LE MOINE.

Oüi, quand on eſt à l'âge de Votre Majeſté ; mais au mien on dort tout debout.

CHARLES V.

Hé bien, mon Frere, c'eſt aux gens de mon âge à éveiller la jeuneſſe trop endormie.

LE MOINE.

Eſt-ce que vous n'avez plus rien de meilleur à faire, après avoir ſi longtems troublé le repos du monde entier? Ne ſçauriez-vous me laiſſer le mien?

CHARLES V.

Je trouve qu'en ſe levant ici de bon matin on eſt encore bien en repos dans cette profonde ſolitude.

LE MOINE.

Je vous entens, ſacrée Majeſté, quand vous vous êtes levé ici de bon matin, vous y trouvez la journée bien longue : vous êtes

D 4

accouttumé à un plus grand mouvement : avoüez-le sans façon ;
vous vous ennuyez de n'avoir ici
qu'à prier Dieu, qu'à monter vos
horloges, & qu'à éveiller de pauvres Novices qui ne sont pas coupables de votre ennui.

CHARLES V.

J'ai ici douze domestiques que
je me suis réservez.

LE MOINE.

C'est une triste conversation
pour un homme qui étoit en commerce avec toutes les Nations con-
nuës.

CHARLES V.

J'ai un petit cheval pour me pro-
mener dans ce beau valon, orné
d'orangers, de myrthes, de gre-
nadiers, de lauriers, & de mille
fleurs, au pied de ces belles montagnes de l'Estramadure, couverte
de troupeaux innombrables.

LE MOINE.

Tout cela est beau; mais tout cela ne parle point. Vous voudriez un peu de bruit & de fracas.

CHARLES V.

J'ai cent mille écus de pension.

LE MOINE.

Assez mal payez. Le Roi votre fils n'en a guéres de soin.

CHARLES V.

Il est vrai qu'on oublie bientôt les gens qui se font dépoüillez & dégradez.

LE MOINE.

Ne comptiez-vous pas là-dessus quand vous avez quitté vos Couronnes ?

CHARLES V.

Je vois bien que cela devoit être ainsi.

D 5

LE MOINE.

Si vous avez compté là-dessus,
pourquoi vous étonnez-vous de
le voir arriver ? Tenez-vous-en
à votre premier projet : renoncez
à tout ; oubliez tout ; ne desirez
plus rien ; reposez-vous, & laissez
reposer les autres.

CHARLES V.

Mais je vois que mon fils après
la bataille de Saint-Quentin n'a
pas sçu profiter de la victoire ; il
devroit être déja à Paris. Le C.
d'Egmont lui a gagné une autre
bataille à Gravelines, & il laisse
tout perdre. Voilà Calais repris
par le Duc de Guise sur les Anglois. Voilà ce même Duc qui a
pris Thionville pour couvrir Mets.
Mon fils gouverne mal. Il ne suit
aucun de mes conseils ; il ne me
paye point ma pension ; il méprise
ma conduite, & les plus fideles
serviteurs dont je me suis servi.

Tout cela me chagrine & m'inquiete.

LE MOINE.

Quoi n'étiez-vous venu chercher le repos dans cette retraite, qu'à condition que le Roi votre fils feroit des conquêtes, croiroit tous vos conseils, & acheveroit d'executer tous vos projets ?

CHARLES V.

Non ; mais je croyois qu'il feroit mieux.

LE MOINE.

Puisque vous avez tout quitté pour être en repos, demeurez-y, quoi qu'il arrive ; laissez faire le Roi votre fils comme il voudra : ne faites point dépendre votre tranquilité des guerres qui agitent le monde. Vous n'en êtes sorti que pour n'en plus entendre parler : mais dites la vérité, vous ne connoissiez guére la solitude quand vous l'avez cherchée. C'est par

D 6

inquiétude que vous avez defiré le repos.

CHARLES V.

Helas ! mon pauvre Enfant ! tu ne dis que trop vrai; & Dieu veüille que tu ne te fois pas mécompté comme moi en quittant le monde dans ce Noviciat.

XII. DIALOGUE.

CHARLES-QUINT, ET FRANÇOIS PREMIER.

La justice & le bonheur ne se trouvent que dans la bonne foy, la droiture & le courage.

CHARLES V.

Aintenant que toutes nos affaires sont finies, nous ne ferions pas mal de nous éclaircir sur les déplaisirs que nous nous sommes donnez l'un à l'autre.

FRANÇOIS I.

Vous m'avez fait beaucoup d'injustices & de tromperies, je ne vous ai jamais fait de mal, que par les loix de la guerre : mais vous m'avez arraché pendant que j'étois en prison, l'hommage du Comté de Flandres ; le

Vaſſal s'eſt prévalu de la force, pour donner la loy à ſon Souverain.

CHARLES V.

Vous étiez libre de ne renoncer pas.

FRANÇOIS I.

Eſt-on libre en priſon?

CHARLES V.

Les hommes foibles n'y ſont pas libres: mais quand on a un vrai courage, on eſt libre par tout. Si je vous euſſe demandé votre Couronne, l'ennui de votre priſon vous auroit-il réduit à me la ceder?

FRANÇOIS I.

Non, ſans doute, j'aurois mieux aimé mourir que de faire cette lâcheté; mais pour la mouvance du Comté de Flandre, je vous l'abandonnai par ennui, par crainte d'être empoiſonné, par le déſir de retourner dans mon Royaume, où tout avoit besoin de ma présence : enfin par l'état de langueur qui me menaçoit d'une mort prochaine : & en effet, je crois que je serois mort sans l'arrivée de ma sœur.

CHARLES V.

Non-seulement un grand Roi, mais un vrai Chevalier aime mieux mourir que de donner une parole, à moins qu'il ne soit résolu de la tenir à quelque prix que ce puisse être. Rien n'est si honteux que de dire qu'on a manqué de courage pour souffrir, & qu'on s'est délivré en manquant de bonne foi. Si vous étiez persuadé qu'il ne vous étoit pas permis de sacrifier la grandeur de votre Etat à la liberté de votre personne, il faloit sçavoir mourir en prison, mander à vos Sujets de ne plus compter sur vous, & de couronner votre fils :

vous m'auriez bien embaraſſé. Un priſonnier qui a ce courage ſe met en liberté dans ſa priſon ; il échape à ceux qui le tiennent.

FRANÇOIS I.

Ces maximes ſont vrayes. J'avouë que l'ennui & l'impatience m'ont fait promettre ce qui étoit contre l'interêt de mon Etat , & que je ne pouvois executer ni éluder avec honneur. Mais eſt-ce à vous à me faire un tel reproche ? Toute votre vie n'eſt-elle pas un continuel manquement de parole ? D'ailleurs ma foibleſſe ne vous excuſe point : un homme intrépide , il eſt vrai , ſe laiſſe égorger plûtôt que de promettre ce qu'il ne peut pas tenir : mais un homme juſte n'abuſe point de la foibleſſe d'un autre homme pour lui arracher dans ſa captivité une promeſſe qu'il ne peut ni ne doit executer. Qu'auriez-vous fait , ſi

je vous euffe retenu en France,
quand vous y paffâtes quelque
tems après ma prifon, pour aller
dans les Pays-Bas ? J'aurois pû
vous demander la ceffion des Pays-
Bas, & du Milanois que vous
m'aviez ufurpé.

CHARLES V.

Je paffois librement en France
fur votre parole ; vous n'étiez pas
venu librement en Efpagne fur la
mienne.

FRANÇOIS I.

Il eft vrai : je conviens de cette
différence ; mais comme vous m'a-
viez fait une injuftice dans ma
prifon, en m'arrachant un Traité
defavantageux : j'aurois pû réparer
ce tort, en vous arrachant à mon
tour un autre Traité plus équita-
ble ; d'ailleurs je pouvois vous arrê-
ter chez moi, jufqu'à ce que vous s

m'euſſiez reſtitué mon bien, qui étoit le Milanois.

CHARLES V.

Attendez ; vous joignez pluſieurs choſes qu'il faut que je démêle. Je ne vous ai jamais manqué de parole à Madrid ; & vous m'en auriez manqué à Paris , ſi vous m'euſſiez arrêté ſous aucun prétexte de reſtitution , quelque juſte qu'elle pût être ; c'étoit à vous à ne me permettre le paſſage, qu'en me demandant le préliminaire de la reſtitution : mais comme vous ne l'avez pas demandé , vous ne pouviez l'exiger en France , ſans violer votre promeſſe. D'ailleurs , croyez-vous qu'il ſoit permis de repouſſer la fraude par la fraude? Dès qu'une tromperie en attire une autre, il n'y a plus rien d'aſſuré parmi les hommes, & les ſuites funeſtes de cet engagement vont à l'infini. Le plus sûr pour vous-même est de ne vous venger du trompeur, qu'en repoussant toutes ses ruses pour le tromper.

FRANÇOIS I.

Voilà une sublime Philosophie, voilà Platon tout pur ; mais je vois bien que vous avez fait vos affaires avec plus de subtilité que moi : mon tort est de m'être fié à vous. Le Connétable de Montmorency aida à me tromper : il me persuada qu'il faloit vous piquer d'honneur, en vous laissant passer sans condition. Vous aviez déja promis de donner l'investiture du Duché de Milan au plus jeune de mes trois fils : après votre passage en France, vous retirâtes votre promesse. Si je n'eusse pas crû le Connétable, je vous aurois fait rendre le Milanois avant de vous laisser passer dans les Pays-Bas. Jamais je n'ai pû pardonner ce

mauvais conseil de mon Favori :
je le chassai de ma Cour.

CHARLES V.

Plûtôt que de rendre le Milanois , j'aurois traversé la mer.

FRANÇOIS I.

Votre santé, la raison, & les périls de la navigation vous ôtoient
cette ressource : mais enfin , pourquoi me joüer si indignement à la
face de toute l'Europe, & abuser de l'hospitalité la plus géné-
reuse ?

CHARLES V.

Je voulois bien donner le Duché de Milan à votre troisiéme
fils. Un Duc de Milan de la Maison de France ne m'auroit guéres
plus embarassé que les autres Princes d'Italie : mais votre second
fils pour lequel vous demandiez
cette investiture étoit trop près de
succeder à la Couronne ; il n'y

avoit entre vous & lui que le Dauphin qui mourut. Si j'avois donné l'inveſtiture au ſecond, il ſe ſeroit bientôt trouvé tout enſemble Roi de France & Duc de Milan ; par là toute l'Italie auroit été à jamais dans la ſervitude ; c'eſt ce que j'ai prévû, & c'eſt ce que j'ai dû éviter.

FRANÇOIS I.

Servitude pour ſervitude ; ne valoit-il pas mieux rendre le Milanois à ſon Maître, qui étoit moi, que de le retenir dans vos mains, ſans aucune apparence de droit ? Les François qui n'avoient plus un pouce de terre en Italie, étoient moins à craindre dans le Milanois pour la liberté publique, que la Maiſon d'Autriche revêtuë du Royaume de Naples & dès droits de l'Empire ſur tous les Fiefs qui relevent de lui en ce pays-là.

Pour moi je dirai franchement ,
toute subtilité à part, la difference
de nos deux procès : vous aviez
toujours assez d'adresse pour mettre les formes de votre côté, &
pour me tromper dans le fond :
mais par foiblesse, par impatience,
ou par legereté , je ne prenois pas
assez de précautions , & les formes étoient contre moi. Ainsi je
n'étois trompeur qu'en apparence,
& vous l'étiez dans l'essentiel.
Pour moi j'ai été assez puni de
mes fautes dans le tems où je les ai
faites. Pour vous , j'espere que la
fausse politique de votre fils me
vengera assez de votre injuste ambition. Il vous a contraint de vous
dépouiller pendant votre vie. Vous
êtes mort dégradé & malheureux ;
vous qui avez prétendu mettre
toute l'Europe dans les fers. Ce
fils achévera son ouvrage ; sa jalousie & sa défiance abattra toute

ambition & toute vertu chez les
Espagnols. Le mérite devenu suf-
pect & odieux n'osera paroître.
L'Espagne n'aura plus ni grand
Capitaine , ni génie élevé dans les
négociations , ni discipline mili-
taire , ni bonne police dans les peuples. Ce Roi toujours caché &
toujours impratiquable comme les
Rois de l'Orient abattra le dedans
de l'Espagne, & soûlevera les Nations éloignées qui dépendent de
cette Monarchie. Ce grand corps
tombera de lui-même , & ne ser-
vira plus que d'exemple de la vanité des trop grandes fortunes. Un
Etat réüni & médiocre , quand il
est bien peuplé, bien policé,& bien
cultivé pour les arts & pour les
sciences utiles ; quand il est d'ailleurs gouverné selon les loix avec
modération , par un Prince qui
rend lui-même la Justice, & qui
va lui-même à la guerre , promet

quelque chofe de plus heureux
que votre Monarchie qui n'a plus
de tête pour réünir le gouvernement. Si vous ne voulez pas m'en
croire, attendez un peu, nos arrie-
res-Neveux vous en diront des
nouvelles.

CHARLES V.

Helas ! je ne prévois que trop
la vérité de vos prédictions. La
prévoyance de ces malheurs qui
renverferont tous mes ouvrages,
m'a découragé, & m'a fait quitter
l'Empire. Cette inquiétude troubloit mon repos dans ma folitude
de Saint-Juft.

XIII. DIA-

XIII. DIALOGUE.

HENRY III. & LA DUCHESSE DE MONTPENSIER.

Ménager les différens partis, & les diffe-
rens efprits d'un Royaume, ce n'eft
pas être hypocrite & fourbe.

HENRY III.

BOn jour , ma Coufine. Ne fommes-nous pas raccommo-dez au moins après notre mort ?

LA D. DE MONTP.

Moins que jamais. Je ne fçau-rois vous pardonner tous vos maf-facres , & fur tout le fang de ma famille cruellement répandu.

HENRY III.

Vous m'avez fait plus de mal dans Paris avec votre ligue , que je ne vous en ai fait par les cho-fes que vous me reprochez ; fai-fons compenfation, & foyons bons amis.

LA D. DE MONTP.

Non, je ne ferai jamais amie d'un homme qui a conseillé l'horrible massacre de Blois.

HENRY III.

Mais le Duc de Guise m'avoit poussé à bout. Avez-vous oublié la journée des Baricades, où il vint faire le Roi de Paris, & me chasser du Louvre. Je fus contraint de me sauver par les Thuilleries & par les Feüillants.

LA D. DE MONTP.

Mais il s'étoit réconcilié avec vous par la médiation de la Reine-Mere. On dit que vous aviez communié avec lui, en rompant tous une même Hostie, & que vous aviez juré sa conservation.

HENRY III.

Mes ennemis ont dit bien des choses sans preuve, pour donner plus de credit à la Ligue : mais enfin je ne pouvois plus être Roi si votre frere n'eût été abattu.

LA D. DE MONTP.

Quoi, vous ne pouviez plus être Roi sans tromper & sans faire assassiner ? Quels moyens de maintenir votre autorité ! Pourquoi signer l'Union ? Pourquoi la faire signer à tout le monde aux Etats de Blois ? Il falloit résister courageusement ; c'étoit la vraye maniere d'être Roi. La Royauté bien entenduë consiste à demeurer ferme dans la raison , & à se faire obéïr.

HENRY III.

Mais je ne pouvois m'empêcher de suppléer à la force par l'adresse & par la politique.

LA D. DE MONTP.

Vous vouliez ménager les Huguenots & les Catholiques, & vous vous rendiez méprisable aux uns & aux autres.

H E N R Y I I I.

Non , je ne ménageois point les Huguenots.

La D. de Montp.

Les conférences de la Reine avec eux, & les soins que vous preniez de les flater toutes les fois que vous vouliez contrebalancer le parti de l'Union, vous rendoient suspect à tous les Catholiques.

H E N R Y I I I.

Mais d'ailleurs ne faisois-je pas tout ce qui dépendoit de moi, pour témoigner mon zéle sur la Religion ?

La D. de Montp.

Oüi, mille grimaces ridicules, & qui étoient démenties par d'autres actions scandaleuses ; aller en masque le Mardi-Gras, & le jour des Cendres à la Procession en sac de Pénitent, avec un grand foüet ; porter à votre ceinture un grand Chapelet long d'une aulne, avec

des grains qui étoient de petites
têtes de mort , & porter en même
tems à votre cou un panier pendu
à un ruban qui étoit plein de petits épagneuls , dont vous faisiez
tous les ans une dépense de cent
mille écus ; faire des Confrairies ,
des Vœux , des Pelerinages , des
Oratoires , passer sa vie avec des
Feüillans , des Minimes , des Hie-
ronymitains, qu'on fait venir d'Espagne ; & de l'autre passer sa vie
avec ses infames Mignons ; décou-
per , coler des Images , & se jetter
en même tems dans les curiositez
de la Magie , dans l'impieté , &
dans la politique de Machiavel ;
enfin courir la bague en femme ,
faire des repas avec vos Mignons ,
où vous étiez servi par des femmes
nuës & déchevelées , puis faire le
dévot , & chercher par tout des
Hermitages. Quelle disproportion !
Aussi dit-on que votre Medecin

Miron affuroit que cette humeur
noire qui caufoit tant de bizarreries , ou vous feroit mourir bientôt , ou vous feroit tomber dans la
folie.

HENRY III.

Tout cela étoit néceffaire pour
ménager les efprits : je donnois des
plaifirs aux gens débauchez, & de
la dévotion aux Dévots pour les
tenir tous.

LA D. DE MONTP.

Vous les avez fort bien tenus.
C'eft ce qui a fait dire que vous
n'étiez bon qu'à tondre, & à faire
Moine.

HENRY III.

Je n'ai point oublié ces cifeaux
que vous montriez à tout le monde , difant que vous les portiez
pour me tondre.

LA D. DE MONTP.

Vous m'aviez affez outragée
pour mériter cette infulte.

HENRY III.

Mais enfin que pouvois-je faire ? il falloit ménager tous les
Partis.

LA D. DE MONTP.

Ce n'eſt point les ménager, que
de montrer de la foibleſſe , de la
diſſimulation & de l'hypocriſie de
tous les côtez.

HENRY III.

Chacun parle bien à ſon aiſe :
mais on a beſoin de bien des gens
quand on trouve tant de gens prêt
à ſe révolter.

LA D. DE MONTP.

Voyez le Roi de Navarre votre
Couſin ; vous avez trouvé tout
votre Royaume ſoûmis , & vous
l'avez laiſſé tout en feu par une
cruelle guerre civile. Lui ſans diſſimulation, maſſacre, ni hypocriſie,
a conquis le Royaume entier, qui
refuſoit de le reconnoître ; il a te-

E 4

nu dans ſes interêts les Huguenots
en quittant leur Religion. Il a attiré tous les Catholiques, & diſſipé
la Ligue ſi puiſſante. Ne cherchez
point à vous excuſer ; les choſes ne
valent que ce qu'on les fait valoir.

XIV. DIALOGUE.

HENRY III. & HENRY IV.

Différence entre un Roi qui fe fait craindre & haïr par la cruauté & la fineffe,
& un Roi qui fe fait aimer par fa fincé-
rité & fon défintereffement.

HENRY III.

HE', mon pauvre Coufin,
vous voilà tombé dans le même malheur que moi.

HENRY IV.

Ma mort a été violente comme
la vôtre : mais perfonne ne vous
a regretté que vos mignons, à caufe des biens immenfes que vous
répandiez fur eux avec profufion.
Pour moi toute la France m'a pleu-
ré comme le Pere de toutes les Familles. On me propofera dans la
fuite des fiécles comme le modéle
d'un bon & fage Roi. Je commen-

çois à mettre le Royaume dans le calme, dans l'abondance, & dans le bon ordre.

HENRY III.

Quand je fus tué à Saint-Cloud j'avois déja abattu la Ligue : Paris étoit prêt à se rendre : j'aurois bientôt rétabli mon autorité.

HENRY IV.

Mais quel moyen de rétablir votre réputation si noircie ? Vous passiez pour un fourbe, un hypocrite, un impie, un homme effeminé & dissolu. Quand on a une fois perdu la réputation de probité & de bonne foi, on n'a jamais une autorité tranquille & assurée : Vous vous étiez défait des deux Guises à Blois ; mais vous ne pouviez jamais vous défaire de tous ceux qui avoient horreur de vos fourberies.

HENRY III.

Hé, ne sçavez-vous pas que l'art de dissimuler est l'art de regner ?

HENRY IV.

Voilà les belles maximes que Duguast, & quelques autres vous avoient inspirées. L'Abbé d'Elbene, & les autres Italiens vous avoient mis dans la tête la politique de Machiavel. La Reine votre Mere vous avoit nourri dans ces sentimens : mais elle eut bien sujet de s'en repentir ; elle eut ce qu'elle méritoit; elle vous avoit appris à être dénaturé; vous le fûtes contre elle.

HENRY III.

Mais quel moyen d'agir sincerement, & de se confier aux hommes ? Ils sont tous déguisez & corrompus.

E 6

HENRY IV.

Vous le croyez, parce que vous
n'avez jamais vû d'honnêtes gens,
& vous ne croyez pas qu'il y en
puiſſe avoir au monde ; mais vous
n'en cherchiez pas ; au contraire,
vous les fuyïez, & ils vous fuyoient;
ils vous étoient ſuſpects & incom-
modes. Il vous falloit des ſcele-
rats qui vous inventaſſent de nouveaux plaiſirs, qui fuſſent capables
des crimes les plus noirs, & devant
leſquels rien ne vous fît ſouvenir
ni de la Religion, ni de la pudeur
violées. Avec de telles mœurs on
n'a garde de trouver des gens de
bien. Pour moi j'en ai trouvé ;
j'ai ſçû m'en ſervir dans mon Conſeil, dans les négociations étrange-
res, dans pluſieurs Charges ; par
exemple, Sully, Jeannin, d'Oſ-
ſat, &c.

HENRY III.

A vous entendre parler, on vous prendroit pour un Caton ; votre jeunesse a été aussi déreglée que la mienne.

HENRY IV.

Il est vrai, j'ai été inexcusable dans ma passion honteuse pour les femmes : mais dans mes désordres, je n'ai jamais été ni trompeur, ni méchant, ni impie ; je n'ai été que foible ; le malheur m'a beaucoup servi ; car j'étois naturellement paresseux & trop adonné aux plaisirs. Si je fusse né Roi, je me serois peut-être deshonoré : mais la mauvaise fortune à vaincre, & mon Royaume à conquérir, m'ont mis dans la nécessité de m'élever au-dessus de moi-même.

HENRY III.

Combien avez-vous perdu de belles occasions de vaincre vos ennemis, pendant que vous vous amusiez sur le bord de la Garonne à soûpirer pour la Comtesse de Guiche ? Vous étiez comme Hercule filant auprès d'Omphale.

HENRY IV.

Je ne puis le désavoüer : mais Coutras, Yvry, Arques, Fontaine-Françoise, réparent un peu...

HENRY III.

N'ai-je pas gagné les batailles de Jarnac & de Moncontour?

HENRY IV.

Oüi ; mais le Roi Henri III. soûtint mal les espérances qu'on avoit conçûës du Duc d'Anjou. Henri IV. au contraire a mieux vallu que le Roi de Navarre.

HENRY III.

Vous croyez donc que je n'ai point oüi parler de la Duchesse de Beaufort, de la Marquise de Verneville, de la . . . . ? Mais je ne puis les compter toutes, tant il y en a eu.

HENRY IV.

Je n'en désavouë aucune, & je passe condamnation : mais je me suis fait aimer & craindre. J'ai détesté cette politique cruelle & trompeuse dont vous étiez si empoisonné, & qui a causé tous vos malheurs. J'ai fait la guerre avec vigueur. J'ai conclu au-dehors une solide paix ; au-dedans j'ai policé l'Etat, & je l'ai rendu florissant. J'ai rangé les Grands à leur devoir, & même les plus insolens

Favoris ; tout cela fans tromper, fans affaffiner, fans faire d'injuftice, me fiant aux gens de bien, & mettant toute ma gloire à foulager les peuples.

XV. DIALOGUE.

HENRY IV. & LE DUC DE MAYENNE.

Les malheurs font les grands Heros & les bons Rois.

HENRY IV.

MOn Coufin, j'ai oublié tout le paffé, & je fuis bien aife de vous voir.

LE D. DE MAYENNE.

Vous êtes trop bon, Sire, d'oublier mes fautes ; il n'y a rien que je ne vouluffe faire pour en effacer le fouvenir.

HENRY IV.

Promenons-nous dans cette Allée entre ces deux Canaux ; & en nous promenant nous parlerons d'affaires.

Le D. de Mayenne.

Je suivrai avec joye Votre Majesté.

Henry IV.

Hé bien, mon Cousin, je ne suis plus ce pauvre Bearnois qu'on vouloit chasser du Royaume. Vous souvenez-vous du tems que nous étions à Arques, & que vous mandiez à Paris que vous m'aviez acculé au bord de la mer, & qu'il faudroit que je me précipitasse dedans pour pouvoir me sauver?

Le D. de Mayenne.

Il est vrai: mais il est vrai aussi que vous fûtes sur le point de ceder à la mauvaise fortune, & que vous auriez pris le parti de vous retirer en Angleterre, si Biron ne vous eût représenté les suites d'un tel parti.

HENRY IV.

Vous parlez franchement, mon Coufin , & je ne le trouve point mauvais ; allez, ne craignez rien , & dites tout ce que vous avez fur le cœur.

LE D. DE MAYENNE.

Mais je n'en ai peut-être déja que trop dit ; les Rois ne veulent point qu'on nomme les chofes par leurs noms. Ils font accoûtumez à la flaterie. Ils en font une partie de leur grandeur. L'honnête liberté avec laquelle on parle aux autres hommes les bleſſe ; ils ne veulent point qu'on ouvre la bouche que pour les loüer & les admirer. Il ne faut pas les traiter en hommes ; il faut dire qu'ils font toujours & par tout des Heros.

HENRY IV.

Vous en parlez ſi ſçavamment, qu'il paroît bien que vous en avez l'expérience. C'eſt ainſi que vous étiez flaté & encenſé pendant que vous étiez le Roi de Paris.

LE D. DE MAYENNE.

Il eſt vrai qu'on m'a amuſé par beaucoup de vaines flateries qui m'ont donné de fauſſes eſperances, & fait faire de grandes fautes.

HENRY IV.

Pour moi j'ai été inſtruit par mon malheur : de telles leçons ſont rudes ; mais elles ſont bonnes, & il m'en reſtera toute ma vie d'écouter plus volontiers qu'un autre mes veritez. Dites-les moi donc, mon cher Couſin, ſi vous m'aimez.

LE D. DE MAYENNE.

Tous nos mécomptes sont venus de l'idée que nous avions conçûë de vous dans votre jeuneffe ; nous fçavions que les femmes vous amufoient par tout ; que la Comteffe de Guiche vous avoit fait perdre tous les avantages de la bataille de Coutras ; que vous aviez été jaloux de votre Coufin le Prince de Condé , qui paroiffoit plus ferme , plus férieux , & plus appliqué que vous aux grandes affaires , & qui avoit un bon efprit , une grande vertu ; nous vous regardions comme un homme mou & effeminé , que la Reine-Mere avoit trompé par mille intrigues d'amourettes ; qui avoit fait tout ce qu'on avoit voulu dans le tems de la Saint-Barthelemi, pour changer de Religion , qui s'étoit encore foûmis après la conjuration de la Mole, à tout ce que la Cour voulut. Enfin nous efperions avoir bon marché de vous : mais en vérité , Sire , je n'en puis plus ; me voilà tout en fueur & hors d'haleine. Votre Majefté eft auffi maigre & auffi legere que je fuis gros & pefant. Je ne puis plus la fuivre.

HENRY IV.

Il eft vrai, mon Coufin, que j'ai pris plaifir à vous lafl'er ; mais c'eft auffi le feul mal que je vous ferai de ma vie. Achevez ce que vous avez commencé.

LE D. DE MAYENNE.

Vous nous avez bien furpris , quand nous vous avons vû à cheval nuit & jour faire des actions d'une vigueur, & d'une diligence incroyable à Cahors, à Laufe en Gafcogne, à Arques en Normandie, à Yvry, devant Paris, à Arnay-le-Duc, & à Fontaine-Françoife; vous avez fçû gagner la confiance des Catholiques fans perdre les Huguenots ; vous avez choifi des gens capables & dignes de votre confiance pour les affaires. Vous les avez confulté fans jaloufie , & avez fçû profiter de leurs bons avis fans vous laiffer gouverner : vous nous avez prévenus par tout ; vous êtes devenu un autre homme , ferme , vigilant , laborieux, tout à vos devoirs.

HENRY IV.

Je vois bien que ces véritez fi hardies que vous me deviez dire fe tournent en loüanges ; mais il faut revenir à ce que je vous ai dit d'a-bord , qui eft que je dois tout ce que je fuis à ma mauvaife fortune. Si je me fuffe trouvé d'abord fur le Trône, environné de pompe, de délices & de flateries , je me ferois endormi dans les plaifirs ; mon na-turel panchoit à la molleffe : mais j'ai fenti la contradiction des hom-

mes , & le tort que mes défauts me
pouvoient faire ; il a fallu m'en
corriger, m'aſſujettir, me contraindre , ſuivre de bons conſeils , profiter de mes fautes , entrer dans
toutes les affaires ; voilà ce qui re-
dreſſe & forme les hommes.

XVI. DIA.

XVI. DIALOGUE.

Henry IV. & Sixte V.

Les grands hommes s'estiment malgré l'opposition de leurs intérêts.

Sixte V.

IL y a longtems que j'étois curieux de vous voir; pendant que nous étions tous deux en bonne santé, cela n'étoit guéres possible. La mode des conferences entre les Papes & les Rois étoit déja passée en notre tems. Cela étoit bon pour Leon X. & François I. qui se virent à Bologne; & pour Clement VII. avec le même Roi à Marseille, pour le mariage de Catherine de Medicis. J'aurois été ravi d'avoir de même avec vous une conference; mais je n'étois pas libre, & votre Religion ne me le permettoit pas.

Tome II. F

HENRY IV.

Vous voilà bien radouci : la mort, je le vois bien, vous a mis à la raison. Dites la vérité, vous n'étiez pas de même du tems que je n'étois encore que ce pauvre Bearnois excommunié.

SIXTE V.

Voulez-vous que je vous parle fans déguifement : d'abord je crûs qu'il n'y avoit qu'à vous pouffer à toute extrémité. J'avois par là bien embaraffé votre Prédeceffeur; auffi le fis-je bien repentir d'avoir ofé faire maffacrer un Cardinal de la Sainte Eglife. S'il n'eût fait tuer que le Duc de Guife, il en eût eu meilleur marché : mais attaquer la Sacrée Pourpre, c'étoit un crime irrémiffible ; je n'avois garde de tolerer un attentat d'une fi dangereufe confequence. Il me parut capital, après la mort de votre Couſin, d'uſer contre vous de rigueur, comme contre lui; d'animer la Ligue, & de ne laiſſer point monter ſur le Trône de France un Héretique : mais bientôt j'apperçûs que vous prévaudriez ſur la Ligue, & votre courage me donna bonne opinion de vous.

Il y avoit deux perſonnes dont je ne pouvois avec aucune bienſéance être ami, & que j'aimois naturellement.

HENRY IV.

Qui étoient donc ces deux perſonnes qui avoient ſçu vous plaire?

SIXTE V.

C'étoit vous & la Reine Eliſabeth d'Angleterre.

HENRY IV.

Pour elle, je ne m'étonne pas

F 2

qu'elle fût selon votre goût. Pre-
mierement elle étoit Pape, auffi-
bien que vous, étant Chef de l'E-
glife Anglicane, & c'étoit un Pape auffi fier que vous ; elle fçavoit
fe faire craindre & faire voler les
têtes; voilà fans doute ce qui lui a
mérité l'honneur de vos bonnes
graces.

SIXTE V.

Cela n'y a pas nui ; j'aime les
gens vigoureux, & qui fçavent fe
rendre maîtres des autres. Le mérite que j'ai reconnu en vous, & qui
m'a gagné le cœur, c'eft que vous
avez battu la Ligue, ménagé la
Nobleffe, tenu la balance entre
les Catholiques & les Huguenots.
Un homme qui fçait faire tout cela, eft un homme, & je ne le mé-
prife point, comme fon Prédeceffeur, qui perdoit tout par fa molleffe, & qui ne fe relevoit que par
des tromperies. Si j'euffe vécu, je

vous aurois reçu à l'Abjuration fans vous faire languir. Vous en auriez été quitte pour quelques petits coups de baguette, & pour déclarer que vous receviez la Couronne de Roi Très-Chrétien, de la libéralité du Saint-Siege.

HENRY IV.

C'eft ce que je n'euffe jamais accepté, j'aurois plûtôt recommencé la guerre.

SIXTE V.

J'aime à vous voir cette fierté : mais faute d'être affez appuyé de mes Succeffeurs, vous avez été expofé à tant de conjurations, qu'enfin on vous a fait périr.

HENRY IV.

Il eft vrai : mais vous, avez-vous été épargné ? La cabale Efpagnole ne vous a pas mieux traité que

moi ; le fer ou le poifon , cela eft
bien égal : mais allons voir cette
bonne Reine que vous aimez tant;
elle a fçu regner tranquilement,
& plus longtems que vous & moi.

XVII. DIALOGUE.

LE CARD. DE RICHELIEU, & LE CARD. XIMENE'S.

La vertu vaut mieux que la naiſſance.

LE C. XIMENE'S.

MAintenant que nous ſommes enſemble, je vous conjure de me dire s'il eſt vrai que vous avez ſongé à m'imiter.

LE C. DE RICHELIEU.

Point. J'étois trop jaloux de la bonne gloire, pour vouloir être la copie d'un autre. J'ai toujours montré un caractere hardi & original.

LE C. XIMENE'S.

J'avois oüi dire que vous aviez pris la Rochelle, comme moi Oran; abattu les Huguenots, comme je renverſai les Maures de Grenade pour les convertir; protegé les Let-

F 4

tres, abaiffé l'orgueil des Grands, relevé l'Autorité Royale, établi la Sorbonne comme mon Univerfité d'Alcale de Hennare, & même profité de la faveur de la Reine Marie de Medicis, comme je fus élevé par celle d'Yfabelle de Caftille.

Le C. de Richelieu.

Il eft vrai qu'il y a entre nous certaines reffemblances que le hazard a faites : mais je n'ai envifagé aucun modéle. Je me fuis contenté de faire les chofes que le tems & les affaires m'ont offert pour la gloire de la France. D'ailleurs nos conditions étoient bien differentes. J'étois né à la Cour, j'y avois été nourri dès ma plus grande jeuneffe : j'étois Evêque de Luçon & Secretaire d'Etat, attaché à la Reine & au Maréchal d'Ancre. Tout cela n'a rien de commun avec un Moine obfcur

& sans appui, qui n'entre dans le monde & dans les affaires qu'à 60. ans.

Le C. XIMENE'S.

Rien ne me fait plus d'honneur que d'y être entré si tard. Je n'ai jamais eu de vûës d'ambition, ni d'empreßement. Je comptois d'a-chever dans le Cloître ma vie dé a bien avancée : le Cardinal de Men-dozza Archevêque de Tolede, me fit Confeßeur de la Reine ; & la Reine prévenuë pour moi me fit succeßeur de ce Cardinal pour l'Archevêché de Tolede, contre le defir du Roi, qui vouloit y mettre son Bâtard ; ensuite je devins le principal conseil de la Reine dans ses peines à l'égard du Roi. J'en-trepris la converfion de Grenade après que Ferdinand en eut fait la conquête. La Reine mourut. Je me trouvai entre Ferdinand & son gendre Philippes d'Autriche. Je

rendis de grands services à Ferdinand après la mort de Philippes.
Je procurai l'autorité au beaupere.
J'administrai les affaires malgré les
Grands avec rigueur Je fis ma conquête d'Oran, où j'étois en personne, conduisant tout, & n'ayant
point là de Roi qui eût part à cette action, comme vous à la Rochelle, & au pas de Suze. Après
la mort de Ferdinand je fus Re-
gent dans l'absence du jeune Prince Charles ; c'est moi qui empê-
chai les Communautez d'Espagne
de commencer la révolte, qui arriva après ma mort : je fis changer
le Gouverneur & les Officiers du
second Infant Ferdinand, qui vouloient le faire Roi au préjudice de
son frere aîné. Enfin je mourus
tranquile, ayant perdu toute autorité par l'artifice des Flamands
qui avoient prévenu le Roi Charles contre moi. En tout cela je n'ai

jamais fait aucun pas vers la fortune ; les affaires me font venuës
trouver , & je n'y ai regardé que
le bien public. Cela est plus honorable que d'être né à la Cour fils
d'un Grand-Prevôt, Chevalier de
l'Ordre.

LE C. DE RICHELIEU.

La naiſſance ne diminuë jamais
le merite des grandes actions.

LE C. XIMENE'S.

Non ; mais puiſque vous me
pouſſez, je vous dirai que le defin-
tereſſement & la modération valent mieux qu'un peu de naiſſance.

LE C. DE RICHELIEU.

Prétendez-vous comparer votre
gouvernement au mien? Avez-vous
changé le ſyſtême du gouvernement de toute l'Europe? J'ai abattu cette Maiſon d'Autriche que
vous avez ſervie, mis dans le cœur
de l'Allemagne un Roi de Suede
victorieux , révolté la Catalogne ,

F 6

relevé le Royaume de Portugal uſurpé par les Eſpagnols, rempli la Chrétienté de mes négociations.

LE C. XIMENE'S.

J'avouë que je ne dois point comparer mes negociations aux vôtres ; mais j'ai ſoutenu toutes les affaires les plus difficiles de Caſtille avec fermeté, ſans interêt, ſans ambition, ſans vanité, ſans foibleſſe. Dites-en autant, ſi vous le pouvez.

XVIII. DIALOGUE.

LE CARDINAL DE RICHE-LIEU, & LE CHANCELIER D'OXENSTIERNE.

Difference entre un Ministre qui agit par vanité & par hauteur, & un autre qui agit pour l'amour de la Patrie.

LE C. DE RICHELIEU.

DEpuis ma mort on n'a point vû de Ministre en Europe qui m'ait ressemblé.

LE CH. D'OXENSTIERNE.

Non, aucun n'a eu tant d'autorité.

LE C. DE RICHELIEU.

Ce n'est pas ce que je dis : je parle du génie pour le gouvernement ; & je puis sans vanité dire de moi, comme je dirois d'un autre qui seroit en ma place, que je n'ai rien laissé qui ait pu m'égaler.

Le Ch. d'Oxenstierne.

Quand vous parlez ainsi, son-
gez-vous que je n'étois ni Marchand, ni Laboureur, & que je me
suis mêlé de politique autant qu'un
autre?

Le C. de Richelieu.

Vous! il est vrai que vous avez
donné quelques conseils à votre
Roi : mais il n'a rien entrepris que
sur les traitez qu'il a faits avec la
France, c'est-à-dire avec moi.

Le Ch. d'Oxenstierne.

Il est vrai : mais c'est moi qui
l'ai engagé à faire ces Traitez.

Le C. de Richelieu.

J'ai été instruit des faits par le
Pere Joseph ; puis j'ai pris mes mesures sur les choses que Charnacé
avoit vûës de près.

Le Ch. d'Oxenstierne.

Votre Pere Joseph étoit un Moine visionnaire. Pour Charnacé il
étoit bon Négociateur : mais sans

moi on n'eût jamais rien fait. Le grand Guſtave qui manquoit de tout eut dans les commencemens, il eſt vrai, beſoin de l'argent de la France : mais dans la ſuite il battit les Bavarois & les Impériaux ; il releva le Parti Proteſtant dans toute l'Allemagne. S'il eut vécu après la victoire de Lutzen, il auroit bien embaraſſé la France même allarmée de ſes progrès , & auroit été la principale puiſſance de l'Europe. Vous vous repentiez déja , mais trop tard , de l'avoir aidé : on vous ſoupçonna même d'être coupable de ſa mort.

LE C. DE RICHELIEU.

J'en ſuis auſſi innocent que vous.

LE CH. D'OXENSTIERNE.

Je le veux croire: mais il eſt bien fâcheux pour vous que perſonne ne mourut à propos pour vos intérêts , qu'auſſitôt on ne crut que:

vous étiez auteur de sa mort. Ce soupçon ne vient que de l'idée que vous aviez donnée de vous par le fonds de votre conduite, dans laquelle vous avez sacrifié sans scrupule la vie des hommes à votre propre grandeur.

Le C. de Richelieu.

Cette politique est necessaire en certains cas.

Le Ch. d'Oxenstierne.

C'est de quoi les honnêtes gens douteront toujours.

Le C. de Richelieu.

C'est de quoi vous n'avez jamais douté non-plus que moi : mais enfin qu'avez-vous tant fait dans l'Europe, vous qui vous vantez jusqu'à comparer votre ministere au mien ? Vous avez été le Conseiller d'un petit Roi barbare, d'un Got chef de bandits, & aux gages du Roi de France dont j'étois Ministre.

Le Ch. d'Oxenstierne.

Mon Roi n'avoit point une Couronne égale à celle de votre Maître : mais c'eſt ce qui fait la gloire de Guſtave & la mienne. Nous ſommes ſortis d'un pays ſauvage & ſterile, ſans troupes, ſans artillerie, ſans argent : nous avons diſcipliné nos ſoldats, formé des Officiers, vaincu les armées triomphantes des Imperiaux, changé la face de l'Europe, & laiſſé des Généraux qui ont appris la guerre après vous à tout ce qu'il y a eu de grands hommes.

Le C. de Richelieu.

Il y a quelque choſe de vrai à tout ce que vous dites : mais à vous entendre, on croiroit que vous étiez auſſi grand Capitaine que Guſtave.

Le Ch. d'Oxenstierne.

Je n'étois pas autant que lui : mais j'entendois la guerre, & je

J'ai fait aſſez voir après la mort de mon Maître.

LE C. DE RICHELIEU.

N'aviez-vous pas Tortenſon, Bannier, & le Duc de Weimar, ſur qui tout rouloit?

LE CH. D'OXENSTIERNE.

Je n'étois pas ſeulement occupé des negociations pour maintenir la Ligue, j'entrois encore dans tous les Conſeils de guerre; & ces grands hommes vous diront que j'ai eu la principale part à toutes ces belles Campagnes.

LE C. DE RICHELIEU.

Apparemment vous étiez du Conſeil quand on perdit la bataille de Norlingue qui abattit la Ligue.

LE CH. D'OXENSTIERNE.

J'étois dans les Conſeils : mais c'eſt au Duc de Weimar à vous ré-pondre ſur cette bataille qu'il per-dit. Quand elle fut perduë, je ſoutins le parti découragé. L'armée Suedoise demeura étrangere dans un pays où elle subsistoit par mes ressources. C'est moi qui ai fait par mes soins un petit Etat conquis, que le Duc de Wëimar auroit conservé s'il eut vécu, & que vous avez usurpé indignement après sa mort. Vous m'avez vû en France chercher du secours pour ma Nation, sans me mettre en peine de votre hauteur qui avoit nui aux interêts de votre Maître, si je n'eusse été plus moderé & plus zelé pour ma Patrie que vous pour la vôtre. Vous vous êtes rendu odieux à votre Nation. J'ai fait les délices & la gloire de la mienne. Je suis retourné dans les rochers sauvages d'où j'étois sorti. J'y suis mort en paix ; & toute l'Europe est pleine de mon nom aussi-bien que du vôtre. Je n'ai eu ni vos dignitez, ni vos richesses, ni votre

autorité, ni vos Poëtes, ni vos Orateurs pour me flater. Je n'ai pour
moi que la bonne opinion des Sue-
dois, & celle de tous les habiles
gens qui lisent les Histoires & les
Negociations. J'ai agi suivant ma
Religion contre les Imperiaux Catholiques, qui depuis la bataille
de Prague tirannisoient toute l'Allemagne. Vous avez (en mauvais
Prêtre) relevé par nous les Pro-
testans, & abattu les Catholiques
en Allemagne. Il est aisé de juger
entre vous & moi.

LE C. DE RICHELIEU.

Je ne pouvois éviter cet inconvé-
nient, sans laisser l'Europe entiere
dans les fers de la Maison d'Autriche qui visoit à la Monarchie universelle : mais enfin je ne puis
m'empêcher de rire de voir un
Chancelier qui se donne pour un
grand Capitaine.

Le Ch. d'Oxenstierne.

Je ne me donne pas pour un grand Capitaine ; mais pour un homme qui a servi utilement les Generaux dans les Conseils de guerre. Je vous laisse la gloire d'avoir paru à cheval avec des armes, & un habit Cavalier au Pas de Suse. On dit même que vous vous êtes fait peindre à Richelieu à cheval avec un busle, une écharpe, & un bâton de Commandant.

Le C. de Richelieu.

Je ne puis plus souffrir vos reproches. Adieu.

XIX. DIALOGUE.

LE CARD. DE RICHELIEU, & LE CARD. MAZARIN.

Caracteres de ces deux Ministres.
Difference entre la vraye & la
fausse politique.

LE C. DE RICHELIEU.

HE' vous voilà, Seigneur Jules, on dit que vous avez
gouverné la France après moi.
Comment avez-vous fait? Avez-
vous achevé de réunir toute
l'Europe contre la Maison d'Autriche? Avez-vous renversé le
Parti Huguenot que j'avois af-
foibli? Enfin avez vous achevé
d'abaisser les Grands?

LE C. MAZARIN.

Vous aviez commencé tout
cela : mais j'ai eu bien d'autres
choses à démêler ; il m'a fallu
soûtenir une Regence orageuse.

LE C. DE RICHELIEU.

Un Roi inappliqué & jaloux du Miniſtre même qui le ſert, donne bien plus d'embarras dans le Cabinet, que la foibleſſe & la confuſion d'une Regence. Vous aviez une Reine aſſez ferme, & ſous laquelle on pouvoit plus facilement mener les affaires, que ſous un Roi épineux qui étoit toujours aigri contre moi par quelque Favori naiſſant. Un tel Prince ne gouverne ni ne laiſſe gouverner. Il faut le ſervir malgré lui ; & on ne le fait qu'en s'expoſant chaque jour à périr. Ma vie a été malheureuſe par celui de qui je tenois toute mon autorité. Vous ſçavez que de tous les Rois qui traverſérent le ſiege de la Rochelle, le Roi mon Maître fut celui qui me donna le plus de peine : je n'ai pas laiſſé de donner le coup mortel au Parti Huguenot, qui avoit tant de Pla-

ces de sûreté, & tant de Chefs redoutables. J'ai porté la guerre jusques dans le sein de la Maison d'Autriche. On n'oubliera jamais la révolte de la Catalogne ; le secret impenetrable avec lequel le Portugal s'est préparé à secoüer le joug injuste des Espagnols. La Hollande soutenuë par notre alliance dans une longue guerre contre la même Puissance : tous les Alliez du Nord, de l'Empire & de l'Italie attachez à moi personnellement, comme à un homme incapable de leur manquer ; enfin au-dedans de l'Etat les Grands rangez à leur devoir. Je les avois trouvez intraitables, se faisant honneur de cabaler sans cesse contre tous ceux à qui le Roi confioit son autorité, & ne croyant devoir obéïr au Roi même qu'autant qu'il les y engageoit, en flatant leur ambition, & en leur donnant
dans

dans leurs gouvernemens un pouvoir sans bornes.

Le C. Mazarin.

Pour moi j'étois un Etranger; tout étoit contre moi ; je n'avois de ressource que dans mon industrie : j'ai commencé par m'insinuer dans l'esprit de la Reine ; j'ai sçu écarter les gens qui avoient sa confiance ; je me suis défendu contre les cabales des Courtisans , contre le Parlement déchaîné, contre la Fronde, Parti animé par un Cardinal audacieux & jaloux de ma fortune ; enfin contre un Prince qui se couvroit tous les ans de nouveaux lauriers, & qui n'employoit la réputation de ses victoires qu'à me perdre avec plus d'autorité : j'ai dissipé tant d'ennemis deux fois chassez du Royaume; j'y suis rentré deux fois triomphant pendant mon absence même. C'étoit moi qui gou-

vernoit l'Etat : j'ai pouſſé juſqu'à Rome le Cardinal de Retz ;
j'ai réduit le Prince de Condé à
ſe ſauver en Flandre ; enfin j'ai
conclu une paix glorieuſe, & j'ai
laiſſé en mourant un jeune Roi
en état de donner la Loi à toute
l'Europe. Tout cela s'eſt fait par
mon genie fertile en expediens,
par la ſoupleſſe de mes negociations, & par l'art que j'avois de
tenir toujours les hommes dans
quelque nouvelle eſperance. Re-
marquez que je n'ai pas répandu
une ſeule goute de ſang.

LE C. DE RICHELIEU.

Vous n'aviez garde d'en répandre : vous étiez trop foible &
trop timide.

LE C. MAZARIN.

Timide ! hé n'ai-je pas fait
mettre les trois Princes à Vincen-
nes ? M. le Prince eut tout le
tems de s'ennuyer dans ſa priſon.

Le C. de Richelieu.

Je parie que vous n'ofiez ni le retenir en prifon, ni le délivrer, & que votre embarras fut la vraye caufe de la longueur de fa prifon : mais venons au fait. Pour moi j'ai répandu du fang ; il l'a fallu, pour abaiffer l'orgueïl des Grands toujours prêts à fe foulever. Il n'eft pas étonnant qu'un homme qui a laiffé tous les Courtifans & tous les Officiers d'Armée reprendre leur ancienne hauteur, n'ait fait mourir perfonne dans un Gouvernement fi foible.

Le C. Mazarin.

Un Gouvernement n'eft point foible quand il méne les affaires au but par foupleffe, fans cruauté. Il vaut mieux être Renard, que Lion, ou Tigre.

Le C. de Richelieu.

Ce n'eft point cruauté que de

G 2

punir des coupables, dont les mauvais exemples en produiroient d'autres ; l'impunité attirant sans cesse des guerres civiles, elle eût anéanti l'autorité du Roi, eût ruiné l'Etat , & eût coûté le sang de je ne sçai combien de milliers d'hommes ; au lieu que j'ai établi la paix & l'autorité, en sacrifiant un petit nombre de têtes coupables : d'ailleurs je n'ai jamais eu d'autres ennemis que ceux de l'Etat.

LE C. MAZARIN.

Mais vous pensiez être l'Etat en personne. Vous supposiez qu'on ne pouvoit être bon François sans être à vos gages.

LE C. DE RICHELIEU.

Avez-vous épargné le premier Prince du Sang, quand vous l'avez crû contraire à vos interêts ? Pour être bien à la Cour, ne falloit-il pas être Mazarin ? Je n'ai

jamais pouflé plus loin que vous
les foupçons & la défiance Nous
fervions tous deux l'Etat ; en le
fervant , nous voulions l'un &
l'autre tout gouverner ; vous tâ-
chiez de vaincre vos ennemis par
la rufe & par un lâche artifice :
pour moi j'ai abattu les miens à
force ouverte , & j'ai crû de bonne foi qu'ils ne cherchoient à me
perdre que pour jetter encore une
fois la France dans les calamitez
& dans la confufion , d'où je ve-
nois de la tirer avec tant de peine : mais enfin j'ai tenu ma parole ; j'ai été ami & ennemi de
bonne foi ; j'ai foutenu l'autorité
de mon Maître avec courage &
dignité ; il n'a tenu qu'à ceux que
j'ai pouflé à bout d'être comblé
de graces : j'ai fait toutes fortes
d'avances vers eux ; j'ai aimé ;
j'ai cherché le mérite dès que je
l'ai reconnu : je voulois feule-

ment qu'ils ne traverſaſſent pas mon gouvernement que je croyois neceſſaire au ſalut de la France. S'ils euſſent voulu ſervir le Roi ſelon leurs talens, ſur mes ordres, ils euſſent été mes amis.

Le C. Mazarin.

Dites plûtôt qu'ils euſſent été vos Valets; des Valets bien payez à la vérité : mais il falloit s'accommoder d'un Maître jaloux, imperieux, implacable ſur tout ce qui bleſſoit ſa jalouſie.

Le C. de Richelieu.

Hé bien, quand j'aurois été trop jaloux & trop imperieux, c'eſt un grand défaut, il eſt vrai : mais combien avois-je de qualitez qui marquent un génie étendu & une ame élevée ? Pour vous, Seigneur Jules, vous n'avez montré que de la fineſſe & de l'avarice ; vous avez bien fait pis aux François, que de répandre leur

fang. Vous avez corrompu le
fond de leurs mœurs : vous avez
rendu la probité gauloife & ridicule. Je n'avois que réprimé l'infolence des Grands ; vous avez
abattu leur courage , dégradé la
Noblefle , confondu toutes les
conditions, rendu toutes les graces venales : vous craigniez le
merite ; on ne s'infinuoit auprès
de vous, qu'en vous montrant un
caractere d'efprit bas , fouple , &
capable de mauvaifes intrigues.
Vous n'avez même jamais eu la
vraye connoiffance des hommes ;
vous ne pouviez rien croire que
le mal , & tout le refte n'étoit
pour vous qu'une belle Fable : il
ne vous falloit que des efprits
fourbes , qui trompaffent ceux
avec qui vous aviez befoin de
negocier , ou des trafiquans qui
vous fiffent argent de tout. Auffi
votre nom demeure avili &

odieux : au contraire on m'affû-
re que le mien croît tous les jours
en gloire dans la Nation Françoife.

Le C. MAZARIN.

Vous aviez les inclinations
plus nobles que moi, un peu plus
de hauteur & de fierté : mais
vous aviez je ne fçai quoi de vain
& de faux. Pour moi j'ai évité
cette grandeur de travers comme
une vanité ridicule : toujours des
Poëtes, des Orateurs, des Come-
diens. Vous étiez vous-même
Poëte, Orateur, Rival de Corneille. Vous faifiez des Livres de
devotion fans être devot : vous
vouliez être de tous les métiers,
faire le galant, exceller en tout
genre. Vous avaliez l'encens de
tous les Auteurs. Y a-t-il en Sorbonne une porte, ou un paneau
de vitre, où vous n'ayez fait mettre vos armes ?

Le C. de Richelieu.

Votre satyre est assez piquante, mais elle n'est pas sans fondement. Je vois bien que la bonne gloire devroit faire fuir certains honneurs que la grossiere vanité cherche, & qu'on se deshonore à force de vouloir trop être honoré : mais enfin j'aimois les Lettres ; j'ai excité l'émulation pour les rétablir. Pour vous, vous n'avez jamais eu aucune attention, ni à l'Eglise, ni aux Lettres, ni aux Arts, ni à la vertu. Faut-il s'étonner qu'une conduite si odieuse ait soulevé tous les Grands de l'Etat, & tous les honnêtes gens contre un Etranger?

Le C. Mazarin.

Vous ne parlez que de votre magnanimité chimerique : mais pour bien gouverner un Etat, il n'est question ni de generosité, ni de bonne foi, ni de bonté de cœur. Il est question d'un esprit fecond en expediens , qui soit impenetrable dans ses desseins , qui ne donne rien à ses passions, mais tout à l'interêt ; qui ne s'épuise jamais en ressources pour vaincre les difficultez.

LE C. DE RICHELIEU.

La vraye habileté consiste à n'a-voir jamais besoin de tromper, & à réüssir toujours par des moyens honnêtes. Ce n'est que par foi-blesse , & faute de connoître le droit chemin qu'on prend des sentiers détournez , & qu'on a recours à la ruse. La vraye habi-leté consiste à ne s'occuper point de tant d'expediens, mais à choi-sir d'abord par une vûë nette & précise celui qui est le meilleur , en le comparant aux autres. Cette fertilité d'expediens vient moins d'étenduë & de force de génie , que de défaut de force &

de justesse pour sçavoir choisir.
La vraye habileté consiste à comprendre, qu'à la longue la plus
grande de toutes les ressources
dans les affaires est la réputation
universelle de probité. Vous êtes
toujours en danger quand vous
ne pouvez mettre dans vos interêts que des dupes ou des fri-
pons : mais quand on compte sur
votre probité , les bons & les méchans même se fient à vous. Vos
ennemis vous craignent bien , &
vos amis vous aiment de même.
Pour vous avec tous vos personna-
ges de Prothée , vous n'avez
sçû vous faire ni aimer, ni esti-
mer , ni craindre. J'avouë que
vous étiez un grand Comedien ,
mais non pas un grand homme.

LE C. MAZARIN.

Vous parlez de moi comme si
j'avois été un homme sans cœur;
j'ai montré en Espagne , pendant

que j'y portois les armes, que je
ne craignois point la mort. On
l'a encore vû dans les périls où
j'ai été expofé pendant les guerres civiles de France. Pour vous
on fçait que vous aviez peur de
votre ombre, & que vous pen-
fiez toujours voir fous votre lit
quelque affaffin prêt à vous poi-
gnarder. Mais il faut croire que
vous n'aviez ces terreurs pani-
ques que dans certaines heures.

LE C. DE RICHELIEU.

Tournez-moi en ridicule tant
qu'il vous plaira. Pour moi je
vous ferai toujours juftice fur
vos bonnes qualitez; vous ne manquiez pas de valeur à la guerre :
mais vous manquiez de courage,
de fermeté & de grandeur d'ame
dans les affaires. Vous n'étiez
fouple que par foibleffe, & faute
d'avoir dans l'efprit des principes fixes. Vous n'ofiez refifter

en face : c'est ce qui vous faisoit promettre trop facilement, & éluder ensuite toutes vos paroles par cent défaites captieuses. Ces défaites étoient pourtant grossieres & inutiles ; elles ne vous mettoient à couvert qu'à cause que vous aviez l'autorité ; & un honnête homme auroit mieux aimé que vous lui eussiez dit nettement : J'ai eu tort de vous promettre, & je me vois dans l'impuissance d'executer ce que je vous ai promis, que d'ajoûter au manquement de parole des pantalonades pour vous joüer des malheureux. C'est peu que d'être brave dans un combat, si on est foible dans une conversation. Beaucoup de Princes capables de mourir avec gloire se sont deshonorez comme les derniers des hommes, par leur mollesse dans les affaires journalieres.

Le C. Mazarin.

Il eſt bien aiſé de parler ainſi : mais quand on a tant de gens à contenter, on les amuſe comme on peut : on n'a pas aſſez de graces pour en donner à tous ; chacun d'eux eſt bien loin de ſe faire juſtice. N'ayant pas autre choſe à leur donner, il faut bien au moins leur laiſſer de vaines eſperances.

Le C. de Richelieu.

Je conviens qu'il faut laiſſer eſperer beaucoup de gens : ce n'eſt pas les tromper ; car chacun en ſon rang peut trouver ſa recompenſe, & s'avancer même en certaines occaſions au-delà de ce qu'on auroit crû. Pour les eſperances diſproportionnées & ridicules, s'ils les prennent tant pis pour eux. Ce n'eſt pas vous qui les trompez, ils ſe trompent eux-mêmes, & ne peuvent s'en prendre qu'à leur propre folie : mais leur donner dans la Chambre des paroles dont vous riez dans le Cabinet, c'est ce qui est indigne d'un honnête homme, & pernicieux à la reputation des affaires. Pour moi j'ai soutenu & agrandi l'autorité du Roi, sans recourir à de si miserables moyens. Le fait est convainquant ; & vous disputez contre un homme qui est un exemple décisif contre vos maximes.

Fin des Dialogues des Morts.

RECUEIL
DES FABLES,

COMPOSÉES

POUR L'ÉDUCATION
de feu Monseigneur le
Duc de Bourgogne.

RECUEIL
DES FABLES,
C O M P O S É E S
P O U R L'É D U C A T I O N
de feu Monſeigneur le Duc
de Bourgogne.

F A B L E I.

Les Avantures d'Ariſtonoüs.

 OPHRONIME ayant
perdu les biens de ſes
Ancêtres par des nau-
frages, & par d'autres
malheurs, s'en conſoloit par ſa
vertu dans l'Iſle de Delos. Là il
chantoit ſur une Lyre d'or les

merveilles du Dieu qu'on y adore. Il cultivoit les Muses, dont il étoit aimé : il recherchoit curieusement tous les secrets de la nature, le cours des astres & des cieux, l'ordre des élemens, la structure de l'Univers qu'il mesuroit de son compas, la vertu des plantes, la conformation des animaux : mais sur tout il s'étudioit lui-même, & s'appliquoit à orner son ame par la vertu ; ainsi la fortune en voulant l'abattre l'avoit élevé à la veritable gloire, qui est celle de la sagesse.

Pendant qu'il vivoit heureux sans biens dans cette retraite, il apperçut un jour sur le rivage de la mer un Vieillard venerable, qui lui étoit inconnu ; c'étoit un Étranger qui venoit d'aborder en l'Isle. Ce Vieillard admiroit les bords de la mer, où il sçavoit que cette Isle avoit été autrefois flo-

tante ; il confideroit cette côte,
où s'élevoient au-deſſus des ſa-
bles & des rochers, de petites colines toujours couvertes d'un ga-
ſon naiſſant & fleuri : il ne pouvoit aſſez regarder les Fontaines
pures, & les Ruiſſeaux rapides
qui arroſoient cette délicieuſe
campagne : il s'avançoit vers les
boccages ſacrez qui environnent
le Temple du Dieu ; il étoit étonné de voir cette verdure que les
Aquilons n'oſent jamais ternir ;
& il conſideroit déja le Temple
d'un marbre de Paros, plus blanc
que la neige, environné de hautes colomnes de Jaſpe. Sophronime n'étoit pas moins attentif à
conſiderer ce Vieillard ; ſa barbe
blanche tomboit ſur ſa poitrine ;
ſon viſage ridé n'avoit rien de
difforme ; il étoit encore exempt
des injures d'une vieilleſſe cadu-
que ; ſes yeux montroient une

douce vivacité ; sa taille étoit haute & majestueuse, mais un peu courbée, & un bâton d'yvoire le soûtenoit. O Etranger, lui dit Sophronime, que cherchez-vous dans cette Isle, qui vous paroît inconnuë ? Si c'est le Temple du Dieu, vous le voyez de loin, & je m'offre de vous y conduire ; car je crains les Dieux, & j'ai appris ce que Jupiter veut qu'on fasse pour secourir les Etrangers.

J'accepte, répondit ce Vieillard, l'offre que vous me faites avec tant de marques de bonté ; je prie les Dieux de récompenser votre amour pour les Etrangers; allons vers le Temple. Dans le chemin il raconta à Sophronime le sujet de son voyage : Je m'appelle, dit-il, Aristonoüs, natif de Clazomene, ville d'Ionie située sur cette côte agreable, qui

s'avance dans la mer, & semble
s'aller joindre à l'Isle de Chio,
fortunée Patrie d'Homere: Je nâ-
quis de parens pauvres, quoyque
nobles ; mon pere nommé Polystrate, qui étoit déja chargé d'u-
ne nombreuse famille, ne voulut
point m'élever ; il me fit exposer
par un de ses amis de Teos. Une
vieille femme d'Erythre qui avoit
du bien auprès du lieu où l'on
m'exposa, me nourrit de lait de
chévre dans sa maison: mais comme elle avoit à peine de quoi vivre, dès que je fus en âge de servir, elle me vendit à un Marchand
d'Esclaves qui me mena dans la
Lycie. Il me vendit à Patare à un
homme riche & vertueux, nommé
Alcine ; cet Alcine eut soin de
moi dans ma jeunesse ; je lui pa-
rus docile, moderé, sincere, af-
fectionné, & appliqué à toutes
les choses honnêtes dont on vou-

lut m'instruire; il me dévoüa aux
arts qu'Apollon favorise; il me
fit apprendre la musique, les exercices du corps, & sur tout l'art
de guérir les playes des hommes.
J'acquis bientôt une assez grande réputation dans cet art, qui est
si necessaire ; & Apollon qui
m'inspira, me découvrit des secrets merveilleux. Alcine qui
m'aimoit de plus en plus, & qui
étoit ravi de voir le succès de ses
soins pour moi, m'affranchit, &
m'envoya à Damoclès, Roi de
Licaonie, qui vivant dans les
délices, aimoit la vie, & craignoit
de la perdre. Ce Roi pour me retenir me donna de grandes richesses. Quelques années après Damoclès mourut. Son fils irrité
contre moi par des flateurs, servit à me dégoûter de toutes les
choses qui ont de l'éclat. Je sentis
enfin un violent desir de revoir la
Lycie,

Lycie, où j'avois passé si doucement mon enfance. J'esperois y
retrouver Alcine qui m'avoit
nourri, & qui étoit le premier
auteur de toute ma fortune. En
arrivant dans ce pays, j'appris
qu'Alcine étoit mort après avoir
perdu ses biens, & souffert avec
beaucoup de constance les malheurs de sa vieillesse. J'allai répandre des fleurs & des larmes
sur ses cendres ; je mis une ins-
cription honorable sur son tombeau, & je demandai ce qu'é-
toient devenus ses enfans. On me
dit que le seul qui étoit resté,
nommé Orciloque, ne pouvant
se resoudre à paroître sans biens
dans sa Patrie, où son pere avoit
eu tant d'éclat, s'étoit embarqué
dans un vaisseau étranger, pour
aller mener une vie obscure dans
quelque Isle écartée de la mer.
On m'ajoûta que cet Orciloque

avoit fait naufrage, peu de tems
après, vers l'Isle de Carphate;
& qu'ainsi il ne restoit plus rien
de la famille de mon bienfaiteur
Alcine. Aussi-tôt je songeai à
acheter la maison où il avoit demeuré, avec les champs fertiles
qu'il possedoit autour. J'étois
bien aise de revoir ces lieux, qui
me rappelloient le doux souvenir
d'un âge si agreable, & d'un si
bon maître. Il me sembloit que
j'étois encore dans cette fleur de
mes premieres années, où j'avois
servi Alcine. A peine eus-je ache-
té de ses creanciers les biens de sa
succession, que je fus obligé d'aller à Clazomene. Mon pere Polystrate, & ma mere Phidile,
étoient morts; j'avois plusieurs
freres qui vivoient mal ensemble;
aussitôt que je fus arrivé à Clazomene, je me presentai à eux
avec un habit simple, comme un

homme dépourvû de biens , en leur montrant les marques avec lesquelles vous sçavez qu'on a soin d'exposer les enfans. Ils furent étonnez de voir ainsi augmenter le nombre des heritiers de Polystrate , qui devoient partager sa petite succession ; ils voulurent même me contester ma naissance, & ils refusérent devant les Juges de me reconnoître. Alors pour punir leur inhumanité je déclarai que je consentois à être comme un étranger pour eux ; je demandai qu'ils fussent exclus pour jamais d'être mes heritiers. Les Juges l'ordonnérent , & alors je montrai les richesses que j'avois apportées dans mon vaisseau ; je leur découvris que j'étois cet Aristonoüs, qui avoit acquis tant de tresors auprès de Damoclès Roi de Licaonie , & que je ne m'étois jamais marié.

Mes freres se repentirent de m'avoir traité si injustement ; & dans le desir de pouvoir être un jour mes heritiers, ils firent les derniers efforts, mais inutilement, pour s'insinuer dans mon amitié : leur division fut cause que les biens de notre pere furent vendus ; je les achetai, & ils eurent la douleur de voir tout le bien de notre pere passer dans les mains de celui à qui ils n'avoient pas voulu en donner la moindre partie : ainsi ils tombérent tous dans une affreuse pauvreté ; mais après qu'ils eurent assez senti leur faute, je voulus leur montrer mon bon naturel ; je leur pardonnai, je les reçûs dans ma maison, je leur donnai à chacun de quoi gagner du bien dans le commerce de la mer, je les réünis tous, eux & leurs enfans demeurérent ensemble paisiblement

chez moi ; je devins le pere commun de toutes ces différentes familles ; par leur union , & par
leur application au travail , ils
amassérent bientôt des richesses
considerables. Cependant la vieillesse, comme vous le voyez, est venuë frapper à ma porte , elle a
blan hi mes cheveux, & ridé mon
visagé ; elle m'avertit que je ne
joüirai pas longtems d'une si parfaite prosperité. Avant que de
mourir , j'ai voulu voir encore
une derniere fois cette terre qui
m'est si chere , & qui me touche
plus que ma patrie même , cette
Lycie où j'ai appris à être bon &
sage , sous la conduite du vertueux Alcine. En y repassant par
mer , j'ai trouvé un Marchand
d'une des Isles Cyclades, qui m'a
assuré qu'il restoit encore à Delos
un fils d'Orciloque, qui imitoit la
sagesse & la vertu de son grand

pere Alcine : auſſitôt j'ai quitté
la route de Lycie , & je me ſuis
hâté de venir chercher , ſous les
auſpices d'Apollon, dans ſon Iſle,
ce précieux reſte d'une famille à
qui je dois tout. Il me reſte peu
de tems à vivre : la Parque ennemie de ce doux repos que les
Dieux accordent ſi rarement aux
mortels, ſe hâtera de trancher
mes jours : mais je ſerai content
de mourir, pourvû que mes yeux,
avant que de ſe fermer à la lu-
miere , ayent vû le petit-fils de
mon maître. Parlez maintenant,
ô vous qui habitez avec lui dans
cette Iſle, le connoiſſez-vous?pou-
vez-vous me dire où je le trou-
verai ? Si vous me le faites voir,
puiſſent les Dieux en récompenſe vous faire voir ſur vos genoux
les enfans de vos enfans juſqu'à
la cinqûiéme géneration : puiſſent les Dieux conſerver toute

votre maison dans la paix & dans l'abondance pour fruit de votre vertu. Pendant qu'Aristonoüs parloit ainsi, Sophronime ver-soit des larmes mêlées de joye & de douleur. Enfin il se jette sans pouvoir parler au cou du Vieil-lard, il l'embrasse, il le serre, & il pousse avec peine ces paroles entrecoupées de soûpirs :

Je suis, ô mon pere ! celui que vous cherchez : vous voyez So-phronime petit-fils de votre ami Alcine : c'estmoi ; & je ne puis douter en vous écoutant, que les Dieux ne vous ayent envoyé ici pour adoucir mes maux. La re-connoissance qui sembloit per-duë sur la terre, se retrouve en vous seul : j'avois oüi dire dans mon enfance, qu'un homme ce-lebre & riche établi en Lycaonie avoit été nourri chez mon grand pere: mais comme Orciloque mon

H 4

pere, qui est mort jeune, me laisfa au berceau, je n'ai sçu ces choses que confusément : je n'ai osé aller en Lycaonie dans l'incertitude ; & j'ai mieux aimé demeurer dans cette Isle, me consolant dans mes malheurs par le mépris des vaines richesses, & par le doux emploi de cultiver les Muses dans la maison sacrée d'Apollon. La sagesse qui accoûtume les hommes à se passer de peu, & à être tranquiles, m'a tenu lieu jusqu'ici de tous les autres biens.

En achevant ces paroles, Sophronime se voyant arrivé au Temple, proposa à Aristonoüs d'y faire sa priere & ses offrandes. Ils firent au Dieu un sacrifice de deux brebis plus blanches que la neige, & d'un taureau qui avoit un croissant sur le front entre les deux cornes : ensuite ils chantérent des vers en l'honneur du Dieu qui éclaire l'Univers, qui regle les saisons, qui préside aux sciences, & qui an me le chœur des neuf Muses. Au sortir du Temple, Sophronime & Aristonoüs passérent le reste du jour à se raconter leurs avantures. Sophronime reçut chez lui le Vieillard, avec la tendresse & le respect qu'il auroit témoigné à Alcine même, s'il eût été encore vivant. Le lendemain ils partirent ensemble, & firent voile vers la Lycie. Aristonoüs mena Sophronime dans une fertile campagne sur le bord du fleuve Xanthe, dans les ondes duquel Apollon au retour de la chasse, couvert de poussiere, a tant de fois plongé son corps, & lavé ses beaux cheveux blonds. Ils trouvérent le long de ce fleuve des peupliers, & des saules, dont la verdure tendre & naissante ca-

H 5

choit les nids d'un nombre infini d'oifeaux, qui chantoient nuit & jour. Le fleuve tombant d'un rocher avec beaucoup de bruit & d'écumes, brifoit fes flots dans un canal plein de petits cailloux : toute la plaine étoit couverte de moiffons dorées ; les colines qui s'élevoient en amphitheatre, étoient chargées de feps de vignes, & d'arbres fruitiers. Là toute la nature étoit riante & gracieufe ; le ciel étoit doux & ferein, & la terre toujours prête à tirer de fon fein de nouvelles richeffes pour payer les peines du Laboureur. En s'avançant le long du fleuve, Sophronime apperçut une maifon fimple & mediocre, mais d'une architecture agreable, avec de juftes proportions. Il n'y trouva ni marbre, ni or, ni argent, ni yvoire, ni meubles de pourpre : tout y étoit propre & plein d'agrément & de commodité, sans magnificence. Une fontaine couloit au milieu de la cour, & formoit un petit canal le long d'un tapis verd ; les jardins n'étoient point vastes : on y voyoit des fruits & des plantes utiles pour nourrir les hommes : aux deux côtez du jardin paroissoient deux bocages, dont les arbres étoient presque aussi anciens que la terre leur mere, & dont les rameaux épais faisoient une ombre impénetrable aux rayons du Soleil. Ils entrérent dans un salon, où ils firent un doux repas des mets que la nature fournissoit dans les jardins, & on n'y voyoit rien de ce que la délicatesse des hommes va chercher si loin & si cherement dans les villes ; c'étoit du lait aussi doux que celui qu'Apollon avoit le soin de traire, pendant qu'il étoit berger chez le Roi Adme-

te ; c'étoit du miel plus exquis
que celui des abeilles d'Ibla en
Sicile, ou du mont Hymette dans
l'Attique : il y avoit des légumes
du jardin , & des fruits qu'on venoit de cuëillir. Un vin plus délicieux que le Nectar, couloit des
grands vafes dans des coupes ci-
felées. Pendant ce repas frugal ,
mais doux & tranquile, Ariftonoüs ne voulut point fe mettre à
table. D'abord il fit ce qu'il put,
fous divers prétextes , pour cacher fa modeftie : mais enfin ,
comme Sophronime voulut le
preffer, il déclara qu'il ne fe ré-
foudroit jamais à manger avec le
petit-fils d'Alcine, qu'il avoit fi
longtems fervi dans la même fal-
le. Voilà , lui difoit il, où ce fage Vieillard avoit accoutumé de
manger : voilà où il converfoit
avec fes amis , voilà où il joüoit à
divers jeux ; voici où il fe prome-

noit en lifant Hefiode & Home
re : voici où il fe repofoit la nuit.
En rappellant ces circonftances
fon cœur s'attendrifloit, & les
larmes couloient de fes yeux.
Après le repas, il mena Sophronime voir la belle prairie où er-
roient fes grands troupeaux mu-
giflans fur le bord du fleuve; puis
ils apperçûrent les troupeaux de
moutons qui revenoient des gras
pâturages; les meres bêlantes, &
pleines de lait, y étoient fuivies
de leurs petits agneaux bondif-
fans. On voyoit par tout les ou-
vriers empreflez, qui aimoient le
travail pour l'interêt de leur maître doux & humain, qui fe faifoit aimer d'eux, & leur adoucif-
foit les peines de l'efclavage.

Ariftonoüs ayant montré à Sophronime cette maifon, ces efcla-
ves, ces troupeaux, & ces terres
devenuës fi fertiles par une foi-

gneufe culture , lui dit ces paroles : Je fuis ravi de vous voir
dans l'ancien patrimoine de vos
Ancêtres ; me voilà content ,
puifque je vous mets en poffef-
fion du lieu où j'ai fervi fi longtems Alcine. Joüiffez en paix de
ce qui étoit à lui ; vivez heureux , & préparez-vous de loin
par votre vigilance une fin plus
douce que la fienne. En même
tems il lui fait une donation de
ce bien , avec toutes les folemni-
tez prefcrites par les Loix ; & il
déclare qu'il exclut de fa fuccef-
fion fes heritiers naturels , fi jamais ils font affez ingrats pour
contefter la donation qu'il a faite au petit-fils d'Alcine fon bienfaiteur : mais ce n'eft pas affez
pour contenter le cœur d'Ariftonoüs. Avant que de donner fa
maifon , il l'orne toute entiere de
meubles neufs , fimples & mo-

deftes, à la vérité, mais propres &
agréables : il remplit les greniers
des riches préfens de Cerès, & le
cclier d'un vin de Chio, digne
d'être fervi par la main de Hebé
ou de Ganymede à la table du
grand Jupiter ; il y met auffi du
vin Parmenien, avec une abon-
dante provifion de miel d'Hymette & d'Ibla, & d'huile d'Attique, prefque auffi douce que le
miel même. Enfin il y ajoûte d'innombrables toifons d'une laine
fine & blanche comme la neige,
riches dépoüilles des tendres brebis qui paiffoient fur les montagnes d'Arcadie, & dans les gras
pâturages de Sicile. C'eft en cet
état qu'il donne fa maifon à Sophronime : il lui donne encore
cinquante talens Euboïques, &
réferve à fes parens les biens qu'il
poffede dans la Peninfule de Clazomene, aux environs de Smyr-

ne , de Lebede , & de Colophon,
qui étoient d'un tres-grand prix.
La donation étant faite , Aristonoüs se rembarque dans son vaisseau pour retourner dans l'Ionie.
Sophronime étonné & attendri
par des bienfaits si magnifiques ,
l'accompagne jusqu'au vaisseau
les larmes aux yeux, le nommant
toujours son pere , & le serrant
entre ses bras. Aristonoüs arriva
bientôt chez lui par une heureuse navigation : aucun de ses parens n'osa se plaindre de ce qu'il
venoit de donner à Sophronime :
J'ai laissé , leur disoit-il, pour
derniere volonté dans mon Testa-
ment cet ordre que tous mes biens
seront vendus & distribuez aux
pauvres de l'Ionie, si jamais aucun de vous s'oppose au don que
je viens de faire au petit-fils d'Alcine. Le sage Vieillard vivoit en
paix , & jouïssoit des biens que

les Dieux avoient accordez à fa
vertu. Chaque année, malgré fa
vieilleffe, il faifoit un voyage en
Lycie pour revoir Sophronime,
& pour aller faire un facrifice fur
le tombeau d'Alcine, qu'il avoit
enrichi des plus beaux ornemens
de l'architecture & de la fculptu-
re. Il avoit ordonné que fes propres cendres, après fa mort, feroient portées dans le même tombeau, afin qu'elles repofaffent
avec celles de fon cher maître.
Chaque année au Printemps, Sophronime, impatient de le revoir,
avoit fans ceffe les yeux tournez
vers le rivage de la mer, pour tâ-
cher de découvrir le vaiffeau d'A-
riftonoüs, qui arrivoit dans cette
faifon. Chaque année il avoit le
plaifir de voir venir de loin au
travers des ondes ameres ce vaiffeau qui lui étoit fi cher ; & la
venuë de ce vaiffeau lui étoit in-

finiment plus douce que toutes les graces de la nature renaiſſan-te au Printems, après les rigueurs de l'affreux Hyver.

Une année il ne voyoit point venir comme les autres ce vaiſ-ſeau tant deſiré; il ſoûpiroit amé-rement, la triſteſſe & la crainte étoient peintes ſur ſon viſage, le doux ſommeil fuyoit loin de ſes yeux ; nul mets exquis ne lui ſembloit doux : il étoit inquiet , allarmé du moindre bruit , tou-jours tourné vers le port , il de-mandoit à tous momens ſi on n'a-voit point vû quelque vaiſſeau venu d'Ionie : il en vit un ; mais helas ! Ariſtonoüs n'y étoit pas, il ne portoit que ſes cendres dans une urne d'argent. Amphiclès , ancien ami du mort , & à peu près du même âge, fidele executeur de ſes dernieres volontez , apportoit triſtement cette urne. Quand il aborda Sophronime , la parole leur manqua à tous deux , & ils ne s'exprimérent que par leurs fanglots. Sophronime ayant baifé l'urne, & l'ayant arrofée de fes larmes parla ainfi : O Vieillard! vous avez fait le bonheur de ma vie, & vous me caufez maintenant la plus cruelle de toutes les douleurs : je ne vous verrai plus; la mort me feroit douce pour vous voir & pour vous fuivre dans les Champs Elifées, où votre Ombre joüit de la bienheureufe paix que les Dieux juftes réfervent à la vertu. Vous avez ramené en nos jours la juftice, la picté,& la reconnoiffance fur la terre : vous avez montré dans un fiecle de fer la bonté & l'innocence de l'âge d'or. Les Dieux avant que de vous couronner dans le féjour des Juftes, vous ont accordé ici-bas une vieilleffe heureufe,agreable & longue : mais helas!ce qui devroit toujours durer , n'est jamais assez long. Je ne sens plus aucun plaisir à joüir de vos dons, puisque je suis réduit à en joüir sans vous. O chere Ombre ! quand est-ce que je vous suivrai ? Précieuses cendres, si vous pouvez sentir encore quelque chose , vous ressentirez sans doute le plaisir d'être mêlées à celles d'Alcine : les miennes s'y mêleront aussi un jour. En attendant, toute ma consolation sera de conserver ces restes de ce que j'ai le plus aimé. O Aristonoüs ! ô Aristonoüs ! non , vous ne mourrez point , & vous vivrez toujours dans le fond de mon cœur ; plûtôt m'oublier moi-même , que d'oublier jamais cet homme si aimable, qui m'a tant aimé, qui aimoit tant la vertu , à qui je devois tout !

Après ces paroles entrecoupées de profonds soûpirs, Sophronime mit l'urne dans le tombeau d'Alcine : il immola plusieurs victimes, dont le sang inonda les autels de gason qui environnoient le tombeau ; il répandit des libations abondantes de vin, & de lait ; il brûla des parfums venus du fond de l'Orient, & il s'éleva un nuage odoriferant au milieu des airs. Sophronime établit à jamais pour toutes les années dans la même saison, des jeux funebres en l'honneur d'Alcine & d'Aristonoüs : on y venoit de la Carie, heureuse & fertile contrée ; des bords enchantez du Méandre, qui se joue par tant de détours, & qui semble quitter à regret le pays qu'il arrose ; des rives toujours vertes du Caystre; des bords du Pactole, qui roule sous ses flots un sable doré ; de la

Pamphylie, que Cerès, Pomone,
& Flore ornent à l'envi : enfin
des vastes plaines de la Cilicie,
arrosées comme un jardin par les
torrens qui tombent du mont
Taurus toujours couvert de nei-
ges. Pendant cette fête si solem-
nelle, les jeunes garçons & les
jeunes filles, vêtuës de robes traî-
nantes de lin, plus blanches que
les lys, chantoient des hymnes à
la loüange d'Alcine & d'Aristonoüs ; car on ne pouvoit loüer
l'un sans loüer aussi l'autre, ni
séparer deux hommes si étroite-
ment unis, même après leur
mort.

Ce qu'il y eut de plus merveilleux, c'est que dès le premier
jour, pendant que Sophronime
faisoit les libations de vin & de
lait, un myrthe d'une verdure &
d'une odeur exquise, nâquit au
milieu du tombeau, & éleva tout-

à-coup ſa téte touffuë, pour couvrir les deux urnes de ſes rameaux
& de ſon ombre : chacun s'écria
qu'Ariſtonoüs en récompenſe de
ſa vertu avoit été changé par les
Dieux en un arbre ſi beau. Sophronime prit ſoin de l'arroſer
lui-même, & de l'honorer comme une Divinité. Cet arbre loin
de vieillir ſe renouvelle de dix
ans en dix ans ; & les Dieux ont
voulu faire voir par cette merveille, que la vertu qui jette un
ſi doux parfum dans la mémoire
des hommes, ne meurt jamais.

✖✖✖✖✖✖✖✖✖✖✖✖✖✖✖✖✖✖✖✖✖✖✖

FABLE II.

Les Avantures de Melesichton.

MELESICHTON né à Me-
gare d'une race illustre
parmi les Grecs, ne songea dans
sa jeunesse qu'à imiter dans la
guerre les exemples de ses ancêtres : il signala sa valeur & ses
talens dans plusieurs expeditions;
& comme toutes ses inclinations
étoient magnifiques, il y fit une
dépense éclatante qui le ruina
bientôt. Il fut contraint de se retirer dans une maison de campagne sur le bord de la mer, où il
vivoit dans une profonde solitude avec sa femme Proxinoë ; elle
avoit de l'esprit, du courage, de
la fierté. Sa beauté & sa naissance l'avoient fait rechercher par

des

des partis beaucoup plus riches
que Melefichton : mais elle l'a-
voit préferé à tous les autres ,
pour fon feul mérite. Ces deux
perfonnes, qui par leur vertu &
leur amitié, s'étoient rendus naturellement heureufes pendant
plufieurs années , commencérent
alors à fe rendre mutuellement
malheureufes , par la compaffion
qu'ils avoient l'un pour l'autre.
Melefichton auroit fupporté plus
facilement fes malheurs, s'il eût
pû les fouffrir tout feul , & fans
une perfonne qui lui étoit fi chere. Proxinoë fentoit qu'elle aug-
mentoit les peines de Melefichton.
Ils cherchoient à fe confoler par
deux enfans qui fembloient avoir
été formez par les Graces ; le fils
fe nommoit Melibée, & la fille
Poëmenis. Melibée dans un âge
tendre commençoit déja à montrer de la force, de l'adreffe, &

du courage : il furmontoit à la
l utte, à la courfe, & aux autres
exercices les enfans de fon voifinage. Il s'enfonçoit dans les forêts, & fes flêches ne portoient
pas des coups moins affurez que
celles d'Apollon ; il fuivoit encore plus ce Dieu dans les fciences
& dans les beaux arts, que dans
les exercices du corps. Melefichton dans fa folitude lui enfei-
gnoit tout ce qui peut cultiver &
orner l'efprit, tout ce qui peut
faire aimer la vertu, & regler les
mœurs. Melibée avoit un air fimple, doux & ingénu, mais noble,
ferme & hardi. Son pere jettoit
les yeux fur lui, & fes yeux fe
noyoient de larmes. Poëmenis
étoit inftruite par fa mere dans
tous les beaux arts que Minerve
a donné aux hommes : elle ajoû-
toit aux ouvrages les plus exquis,
les charmes d'une voix, qu'elle

joignôit avec une lyre plus touchante que celle d'Orphée. A la
voir, on eût cru que c'étoit la
jeune Diane fortie de l'Ifle flo-
tante, où elle nâquit. Ses cheveux blonds étoient noüez négli-
gemment derriere fa tête ; quel-
ques-uns échappez flottoient fur
fon cou au gré des vents : elle
n'avoit qu'une robe legere, avec
une ceinture qui la relevoit un
peu, pour être plus en état d'a-
gir. Sans parure elle effaçoit tout
ce qu'on peut voir de plus beau ,
& elle ne le fçavoit pas : elle n'a-
voit même jamais fongé à fe regarder fur le bord des fontaines ;
elle ne voyoit que fa famille , &
ne fongeoit qu'à travailler : mais
le pere accablé d'ennuis, & ne
voyant plus aucune reffource
dans fes affaires , ne cherchoit
que la folitude. Sa femme & fes
enfans faifoient fon fupplice : il

alloit souvent sur le rivage de la mer, au pied d'un grand rocher plein d'antres sauvages : là il déploroit ses malheurs ; puis il entroit dans une profonde vallée, qu'un bois épais déroboit aux rayons du Soleil au milieu du jour. Il s'asseoyoit sur le gazon qui bordoit une claire fontaine, & toutes les plus tristes pensées revenoient en foule dans son cœur. Le doux sommeil étoit loin de ses yeux : il ne parloit plus qu'en gémissant ; la vieillesse venoit avant le tems flêtrir & rider son visage : il oublioit même tous les besoins de la vie, & succomboit à sa douleur.

Un jour comme il étoit dans cette vallée si profonde, il s'endormit de lassitude & d'épuisement : alors il vit en songe la Déesse Cerès, couronnée d'épics dorez, qui se présenta à lui avec

un visage doux & majestueux :
Pourquoi, lui dit-elle, en l'appel-
lant par son nom , vous laissez-
vous abattre aux rigueurs de la
fortune ? Helas ! répondit-il, mes
amis m'ont abandonné ; je n'ai
plus de bien : il ne me reste que
des procès & des creanciers : ma
naissance fait le comble de mon
malheur , & je ne puis me résoudre à travailler comme un escla-
ve pour gagner ma vie.

Alors Cerès lui répondit : La
Noblesse consiste-t-elle dans les
biens ? Ne consiste-t-elle pas plu-
tôt à imiter la vertu de ses ancêtres ? Il n'y a de Nobles que ceux
qui sont justes. Vivez de peu ;
gagnez ce peu par votre travail :
ne soyez à charge à personne ,
vous serez le plus Noble de tous
les hommes. Le genre humain se
rend lui-même miserable par sa
mollesse & par sa fausse gloire. Si

I 3

les chofes néceffaires vous manquent , pourquoi voulez-vous les devoir à d'autres qu'à vousmême ? Manquez-vous de courage pour vous les donner par une vie laborieufe?

Elle dit ; & auffitôt elle lui préfenta une charruë d'or avec une corne d'abondance. Alors Bacchus parut couronné de lierre , & tenant un thyrfe dans fa main : il étoit fuivi de Pan qui joüoit de la flûte, & qui faifoit danfer les Faunes & les Satyres. Pomone fe montra chargée de fruits , & Flore ornée de fleurs les plus vives & les plus odoriferantes. Toutes les Divinitez Champêtres jettérent un regard favorable fur Melefichton.

Il s'éveilla comprenant la force & le fens de ce fonge divin ; il fe fentit confolé & plein de goût pour tous les travaux de la vie

champêtre ; il parle de ce songe à
Proxinoë , qui entra dans tous
ses sentimens. Le lendemain ils
congediérent leurs domestiques
inutiles ; on ne vit plus chez eux
de gens, dont le seul emploi fut
le service de leurs personnes. Ils
n'eurent plus ni char , ni Condu-
cteur. Proxinoë avec Poëmenis
filoient en menant paître leurs
moutons ; ensuite elles faisoient
leurs toilles & leurs étoffes; puis
elles tailloient & cousoient elles-
mêmes leurs habits , & ceux du
reste de la famille. Au lieu des
ouvrages de soye , d'or, & d'argent, qu'elles avoient accoutumé de faire avec l'art exquis de
Minerve, elles n'exerçoient plus
leurs doigts qu'au fuseau , ou à
d'autres travaux semblables. Elles préparoient de leurs propres
mains les légumes qu'elles cuëil-
loient dans leur jardin pour nour-

rir toute la maison. Le lait de
leur troupeau qu'elles alloient
traire, achevoit de mettre l'abondance. On n'achetoit rien ; tout
étoit préparé promptement &
sans peine. Tout étoit bon, simple, naturel, assaisonné par l'ap-
petit inséparable de la sobrieté &
du travail.

Dans une vie si champêtre,
tout étoit chez eux net & propre;
toutes les tapisseries étoient ven-
duës : mais les murailles de la
maison étoient blanches, & on
ne voyoit nulle part rien de sale
ni de dérangé ; les meubles n'é-
toient jamais couverts de pous-
sière : les lits étoient d'étoffes
grossieres, mais propres. La cuisine même avoit une propreté
qui n'est point dans les grandes
maisons ; tout y étoit bien rangé
& luisant. Pour régaler la famille dans les jours de fête, Proxi-

noë faisoit des gâteaux excellens.
Elle avoit des abeilles, dont le
miel étoit plus doux que celui
qui couloit du tronc des chênes
creux pendant l'âge d'or. Les
vaches venoient d'elles-mêmes
offrir des ruisseaux de lait. Cette
femme laborieuse avoit dans son
jardin toutes les plantes qui peuvent aider à nourrir l'homme en
chaque saison, & elle étoit toujours la premiere à avoir les fruits
& les légumes de chaque tems :
elle avoit même beaucoup de
fleurs, dont elle vendoit une partie, après avoir employé l'autre
à orner sa maison. La fille se-
condoit sa mere, & ne goûtoit
d'autre plaisir que celui de chanter en travaillant, ou en conduisant ses moutons dans les pâturages ; nul autre troupeau n'égaloit
le sien : la contagion, & les loups
même n'osoient en approcher ; à

mesure qu'elle chantoit, ses tendres agneaux dansoient sur l'herbe, & tous les Echos d'alentour
sembloient prendre plaisir à répé-
ter ses chansons.

Melesichton labouroit lui-même son champ; lui-même il conduisoit sa charruë, semoit & mois-
sonnoit : il trouvoit les travaux
de l'agriculture moins durs, plus
innocens, & plus utiles que ceux
de la guerre. A peine avoit-il fau-
ché l'herbe tendre de ses prairies,
qu'il se hâtoit d'enlever les dons
de Cerès, qui le payoient au cen-
tuple du grain semé. Bientôt Bacchus faisoit couler pour lui un
Nectar digne de la table des
Dieux. Minerve lui donnoit aussi
le fruit de son arbre, qui est si utile à l'homme. L'Hyver étoit la
Saison du repos où toute la famille assemblée goûtoit une joye innocente, & remercioit les Dieux

d'être si désabusée des faux plaisirs : ils ne mangeoient de viande
que dans les sacrifices, & leurs
troupeaux n'étoient destinez qu'-
aux autels.

Melibée ne montroit presque
aucune des passions de la jeunesse : il conduisoit les grands
troupeaux ; il coupoit des grands
chênes dans les forêts ; il creu-
soit des petits canaux pour arro-
ser les prairies ; il étoit infatiga-
ble pour soulager son pere ; ses
plaisirs quand le travail n'étoit
pas de saison, étoient la chasse,
les courses avec les jeunes gens
de son âge, & la lecture dont son
pere lui avoit donné le gout.

Bientôt Melesichton, en s'ac-
coûtumant à une vie si simple, se
vid plus riche qu'il ne l'avoit été
auparavant : il n'avoit chez lui
que les choses nécessaires à la vie,
mais il les avoit toutes en abon-

dance. Il n'avoit presque de so-
cieté que dans sa famille ; ils s'aimoient tous ; ils se rendoient mutuellement heureux : ils vivoient
loin des Palais des Rois , & des
plaisirs qu'on achete si cher :
les leurs étoient doux , innocens ,
simples , faciles à trouver; & sans
aucune suite dangereuse : Melibée & Poëmenis furent ainsi élevez dans le goût des travaux
champêtres. Ils ne se souvinrent
de leur naissance, que pour avoir
plus de courage , en supportant
la pauvreté. L'abondance reve-
nuë dans toute cette maison n'y
ramena point le faste. La famille
entiere fut toujours simple & laborieuse. Tout le monde disoit à
Melesichton : Les richesses ren-
trent chez vous ; il est tems de reprendre votre ancien éclat. Alors
il répondit ces paroles : A qui
voulez-vous que je m'attache,ou

au faſte qui m'avoit perdu , ou à une vie ſimple & laborieuſe , qui m'a rendu riche & heureux. Enfin ſe trouvant un jour dans ce bois ſombre , où Cerès l'avoit inſtruit par un ſonge ſi utile , il s'y repoſa ſur l'herbe , avec autant de joye qu'il y avoit eu d'amertume dans le tems paſſé. Il s'endormit ; & la Déeſſe ſe montrant à lui comme dans ſon premier ſonge , lui dit ces paroles : La vraye Nobleſſe conſiſte à ne recevoir rien de perſonne , & à faire du bien aux autres. Ne recevez donc rien que du ſein fécond de la terre , & de votre propre travail. Gardez-vous bien de quitter jamais par molleſſe, ou par fauſſe gloire ce qui eſt la ſource naturelle & inépuiſable de tous les biens.

✦✦✦✦✦✦✦✦✦✦✦✦✦✦✦✦✦✦✦✦✦✦✦✦

I I I. F A B L E.

Aristée & Virgile.

VIRGILE étant descendu aux
Enfers, entra dans les Campagnes fortunées, où les heros &
les hommes inspirez des Dieux,
passoient une vie bien-heureuse
sur des gazons toujours émaillez
de fleurs, & entrecoupez de mille
ruisseaux. D'abord le Berger A-
ristée qui étoit là au nombre des
Demi-Dieux, s'avança vers lui
ayant appris son nom : Que j'ai
de joye, lui dit-il, de voir un si
grand Poëte. Vos vers coulent
plus doucement que la rosée sur
l'herbe tendre, ils ont une har-
monie si douce qu'ils attendris-
sent le cœur, & qu'ils tirent les
larmes des yeux. Vous en avez

fait pour moi & pour mes abeilles , dont Homere même pourroit être jaloux. Je vous dois autant qu'au Soleil & à Lyrene, la
gloire dont je joüis. Il n'y a pas
encore longtems que je les réci-
tai , ces vers fi tendres & fi gracieux , à Linus , à Héfiode, & à
Homere. Après les avoir enten-
du ils allerent tous trois boire de
l'eau du Fleuve Lethé pour les
oublier , tant ils étoient affligez
de repaffer dans leur mémoire des
vers fi dignes d'eux, qu'ils n'a-
voient pas fait. Vous fçavez que la
nation des Poëtes eft jaloufe. Venez donc parmi eux prendre votre place. Elle fera bien mauvaife, cette place, répondit Virgile ,
puifqu'ils font fi jaloux. J'aurai
de mauvaifes heures à paffer dans
leur compagnie ; je vois bien que
que vos abeilles n'étoient pas plus
faciles à irriter que le cœur des

Poëtes. Il est vrai, répondit Aristée ; ils bourdonnent comme les
abeilles, comme elles ils ont un
aiguillon perçant , pour piequer
tout ce qui enflâme leur colere. J'aurai encore , dit Virgile ,
un autre grand homme à ménager , c'est ici le divin Orphée :
Comment vivez-vous ensemble ?
Assez mal , répondit Aristée. Il
est encore jaloux de sa femme ,
comme les trois autres de la gloire
des vers : Mais pour vous il vous
recevra bien, car vous l'avez traité honorablement , & vous avez
parlé beaucoup plus sagement
qu'Ovide , de sa querelle avec
les femmes de Thrace qui le
massacrerent : Mais ne tardons
pas davantage , entrons dans ce
petit bois sacré arrosé de tant de
fontaines plus claires que le crys-
tal ; vous verrez que toute la
troupe sacrée se levera pour vous

faire honneur ; n'entendez-vous
pas déja la Lyre d'Orphée ; é-
coutez Linus qui chante le Combat des Dieux contre les Geans ;
Homere se prépare à chanter A-
chille qui vange la mort de Pa-
trocle par celle d'Hector ; mais
Hésiode est celui que vous avez
le plus à craindre ; car de l'humeur dont il est, il sera bien fâché que vous ayez osé traiter
avec tant d'élegance toutes les
choses rustiques qui ont été son
partage. A peine Aristée eut a-
chevé ces mots, qu'ils arriverent
dans cet ombrage frais où regne
un éternel entousiasme qui pos-
sede ces hommes divins. Tous se
leverent, on fit asseoir Virgile,
on le prie de chanter ses vers; il les
chanta d'abord avec modestie &
puis avec transport ; les plus jaloux sentirent malgré eux une
douceur qui les ravissoit. La Ly-

re d'Orphée qui avoit enchanté les Rochers & les Bois, échappa de ses mains, & les larmes ameres coulerent de ses yeux. Homere oublia pour un moment la magnificence rapide de l'Iliade, & la varieté agréable de l'Odyssée; Linus crut que ces beaux vers avoient été faits par son pere Apollon, & il étoit immobile, saisi, & suspendu par un si doux chant; Hésiode tout ému ne pouvoit résister à ce charme. Enfin revenant un peu à lui, il prononça ces paroles pleines de jalousie & d'indignation. O Virgile, tu as fait des vers plus durables que l'airain & que le bronze! Mais je le prédis qu'un jour on verra un enfant qui les traduira en sa langue, qui partagera avec toi la gloire d'avoir chanté les Abeilles.

◆※※※※※※※※※※※※※※※※※※※※◆

IV. FABLE.

Histoire d'Alibée, Persan.

CHA-ABBAS Roi de Perse, faisant un voyage, s'écarta de toute sa Cour, pour passer dans la Campagne, sans y être connu, & pour y voir les peuples dans toute leur liberté naturelle: il prit seulement avec lui un de ses Courtisans. Je ne connois point, lui dit le Roi, les véritables mœurs des hommes : tout ce qui nous aborde est déguisé. C'est l'art, & non pas la nature simple qui se montre à nous. Je veux étudier la vie rustique, & voir ce genre d'hommes qu'on méprise tant, quoyqu'ils soient le vrai soutien de toute la société humaine. Je suis lassé de voir des Courti

sans qui m'observent pour me
surprendre, en me flatant. Il faut
que j'aille voir des Laboureurs
& des Bergers qui ne me connoissent pas. Il passa avec son
Confident au milieu de plusieurs
Villages où l'on faisoit des danses ; & il étoit ravi de trouver
loin des Cours des plaisirs tranquiles & sans dépense. Il fit un
repas dans une cabane ; & comme il avoit grand faim , après
avoir marché plus qu'à l'ordinaire , les alimens grossiers qu'il prit
lui parurent plus agréables que
tous les mets exquis de sa table.
En passant dans une prairie se-
mée de fleurs , qui bordoit un
clair ruisseau, il apperçut un jeune Berger qui joüoit de la flûte
à l'ombre d'un grand ormeau, auprès de ses moutons paissants. Il
l'aborde , il l'examine, il lui trouve une physionomie agréable, un

air simple & ingénu , mais noble
& gracieux. Les haillons dont le
Berger étoit couvert , ne dimi-
nuoient point l'éclat de sa beauté.
Le Roi crut d'abord que c'étoit
quelque personne de naissance illustre qui s'étoit déguisée : mais
il apprit du Berger , que son pere
& sa mere étoient dans un Village voisin , & que son nom étoit
Alibée. A mesure que le Roi le
questionnoit , il admiroit en lui
un esprit ferme & raisonnable.
Ses yeux étoient vifs, & n'avoient
rien d'ardent & de farouche : sa
voix étoit douce , insinuante , &
propre à toucher. Son visage n'a-
voit rien de grossier ; mais ce n'é-
toit pas une beauté molle & effe-
minée. Le Berger d'environ seize
ans ne sçavoit point qu'il fût tel
qu'il paroissoit aux autres. Il
croyoit penser , parler , être fait
comme tous les autres Bergers de

son Village. Mais sans éducation il avoit appris tout ce que la raison fait apprendre à ceux qui l'écoutent. Le Roi l'ayant entretenu familierement en fut charmé: il sçut de lui sur l'état des peuples, tout ce que les Rois n'apprennent jamais d'une foule de flateurs qui les environne. De tems en tems il rioit de la naïveté de cet enfant, qui ne ménageoit rien dans ses réponses. C'étoit une grande nouveauté pour le Roi que d'entendre parler si naturellement. Il fit signe au Courtisan qui l'accompagnoit de ne point découvrir qu'il étoit le Roi ; car il craignoit qu'Alibée ne perdit en un moment toute sa liberté & toutes ses graces, s'il venoit à sçavoir devant qui il parloit. Je vois bien, disoit le Prince au Courtisan, que la nature n'est pas moins belle dans les plus bas-

fes conditions, que dans les plus
hautes. Jamais enfant de Roi n'a
paru mieux né, que celui-ci qui
garde les moutons. Je me trou-
verois trop heureux d'avoir un
fils auffi beau, auffi fenfé, & auffi
aimable. Il me paroît propre à
tout; & fi on a foin de l'inftruire, ce fera affurément un jour un
grand homme. Je veux le faire
élever auprès de moi. Le Roi em-
mena Alibée, qui fut bien furpris d'apprendre à qui il s'étoit
rendu agréable. On lui fit apprendre à lire, à écrire, à chanter, & enfuite on lui donna des
Maîtres pour les arts & pour les
fciences qui ornent l'efprit. D'a-
bord il fut un peu ébloüi de la
Cour; & fon grand changement
de fortune changea un peu fon
cœur. Son âge & fa faveur joints
enfemble, altérerent un peu fa
fageffe & fa modération. Au lieu

de sa houlette, de sa flûte, & de son habit de Berger, il prit une robe depourpre brodée d'or, avec un turban couvert de pierreries. Sa beauté effaça tout ce que la Cour avoit de plus agréable : il se rendit capable des affaires les plus sérieuses, & mérita la confiance de son Maître, qui connoissant le goût exquis d'Alibée pour toutes les magnificences d'un Palais, lui donna enfin une Charge très-considerable en Perse, qui est celle de garder tout ce que le Prince a de pierreries & de meubles précieux.

Pendant toute la vie du grand Cha-Abbas, la faveur d'Alibée ne fit que croître. A mesure qu'il s'avança dans un âge plus mûr, il se ressouvint enfin de son ancienne condition, & souvent il la regrettoit. O ! beaux jours, disoit-il à lui-même ; jours innocens ;

jours

jours où j'ai goûté une joye pure
& fans péril ; jours depuis lef-
quels je n'en ai vû aucun de fi
doux, ne vous reverrai-je jamais ?
Celui qui m'a privé de vous en
me donnant tant de richeſſes ,
m'a tout ôté. Il voulut aller revoir ſon Village ; il s'attendrit
dans tous les lieux où il avoit autrefois danſé , chanté, joüé de la
flûte avec ſes Compagnons. Il fit
quelque bien à tous ſes parens, &
à tous ſes amis : mais il leur ſou-
haita pour principal bonheur de
ne quitter jamais la vie champêtre, & de n'éprouver jamais les
malheurs de la Cour.

Il les éprouva ces malheurs
après la mort de ſon bon Maître
Cha-Abbas ; ſon fils Chaph-Sc.
phi ſucceda à ce Prince. Des
Courtiſans envieux & pleins d'ar-
tifices trouvérent moyen de la
prévenir contre Alibée. Il a abu-

sé , disoient-ils , de la confiance
du feu Roi. Il a amassé des tré-
sors immenses, & a détourné plusieurs choses d'un très-grand
prix , dont il étoit dépositaire.
Chaph-Sephi étoit tout ensemble
jeune & Prince ; il n'en falloit
pas tant pour être crédule, inappliqué , & sans précaution. Il eut
la vanité de vouloir paroître ré-
former ce que le Roi son pere
avoit fait, & juger mieux que lui.
Pour avoir un prétexte de déposs-
seder Alibée de sa Charge, il lui
demanda , selon le conseil de ses
Courtisans envieux, de lui appor-
ter un cimeterre garni de dia-
mans d'un prix immense , que le
Roi son grand-pere avoit accoutumé de porter dans les combats.
Cha-Abbas avoit fait autrefois
ôter de ce cimeterre tous ces
beaux diamants ; & Alibée prou-
va par de bons témoins que la

chose avoit été faite par l'ordre du feu Roi, avant que la Charge eût été donnée à Alibée. Quand les ennemis d'Alibée virent qu'ils ne pouvoient plus se servir de ce prétexte pour le perdre, ils conseillérent à Chaph-Sephi de lui commander de faire dans quinze jours un inventaire exact de tous les meubles précieux dont il étoit chargé. Au bout de quinze jours il demanda à voir lui-même toutes choses. Alibée lui ouvrit toutes les portes, & lui montra tout ce qu'il avoit en garde. Rien n'y manquoit; tout étoit propre, bien rangé, & conservé avec grand soin. Le Roi bien étonné de trouver par tout tant d'ordre & d'exactitude, étoit presque revenu en faveur d'Alibée, lorsqu'il apperçut au bout d'une grande galerie pleine de meubles très-somptueux une porte de fer qui

avoit trois grandes ferrures : C'eft
là , lui dirent à l'oreille les Courtifans jaloux, qu'Alibée a caché
toutes les chofes précieufes qu'il
vous a dérobées. Auſlitôt le Roi
en colere s'écria : Je veux voir ce
qui eft au-delà de cette porte.
Qu'y avez-vous mis?Montrez-le-
moi. A ces mots Alibée fe jetta à
fes genoux , le conjurant au nom
de Dieu de ne lui ôter pas ce
qu'il avoit de plus précieux fur
la terre. Il n'eſt pas juſte, diſoit-
il, que je perde en un moment ce
qui me reſte , & qui fait ma reſ-
fource , après avoir travaillé tant
d'années auprès du Roi votre
pere. Otez-moi fi vous voulez
tout le reſte : mais laiſſez-moi
ceci. Le Roi ne douta point que
ce ne fut un trefor mal acquis
qu'Alibée avoit amaſſé. Il prit
un ton plus haut , & voulut abſo-
lument qu'on ouvrît cette porte.

Enfin Alibée qui en avoit les clefs, l'ouvrit lui-même. On ne trouva en ce lieu que la houlette, la flûte, & l'habit de Berger qu'Alibée avoit porté autrefois, & qu'il revoyoit souvent avec joye, de peur d'oublier sa premiere condition. Voilà, dit-il, ô grand Roi, les précieux restes de mon ancien bonheur. Ni la fortune, ni votre puissance, n'ont pû me les ôter. Voilà mon tresor que je garde pour m'enrichir, quand vous m'aurez fait pauvre. Reprenez tout le reste ; laissez-moi ces chers gages de mon premier état. Les voilà mes vrais biens, qui ne manqueront jamais. Les voilà ces biens simples, innocens, toujours doux à ceux qui sçavent se contenter du nécessaire, & ne se tourmentent point pour le superflu. Les voilà ces biens dont la liberté & la sû-

reté font les fruits. Les voilà ces
biens qui ne m'ont jamais donné
un moment d'embarras. O chers
inftrumens d'une vie fimple &
heureufe ! je n'aime que vous ;
c'eft avec vous que je veux vivre
& mourir. Pourquoi faut-il que
d'autres biens trompeurs foient
venus me tromper , & troubler le
repos de ma vie? je vous les rends,
grand Roi, toutes ces richeffes
qui me viennent de votre libera-
lité. Je ne garde que ce que j'a-
vois, quand le Roi votre pere vint
par ces graces me rendre malheureux. Le Roi entendant ces paroles comprit l'innocence d'Alibée , & étant indigné contre les
Courtifans qui l'avoient voulu
perdre , il les chaffa d'auprès de
lui. Alibée devint fon principal
Officier, & fut chargé des affaires les plus fecretes : mais il revoyoit tous les jours fa houlette,

fa flûte, & fon ancien habit, qu'il tenoit toujours prêts dans fon trefor pour les reprendre, dès que la fortune inconftante troubleroit fa faveur. Il mourut dans une extrême vieilleffe, fans avoir jamais voulu ni faire punir fes ennemis, ni amaffer aucun bien, & ne laiffant à fes parens que de quoi vivre dans la condition de Bergers, qu'il crut toujours la plus fûre & la plus heureufe.

❋❋❋❋❋❋❋❋❋❋❋❋❋❋❋❋❋❋❋❋❋❋❋❋

V. FABLE.

Histoire de Rosimond & de Braminte.

IL étoit une fois un jeune homme plus beau que le jour, nommé Rosimond, & qui avoit autant d'esprit & de vertu, que son
frere aîné Braminte étoit mal fait,
désagréable, brutal & méchant.
Leur mere qui avoit horreur de
son fils aîné, n'avoit des yeux
que pour voir le cadet. L'aîné,
jaloux, inventa une calomnie horrible pour perdre son frere. Il dit
à son pere, que Rosimond alloit
souvent chez un voisin, qui étoit
son ennemi, pour lui rapporter
tout ce qui se passoit au logis, &
pour lui donner les moyens d'em-
poisonner son pere. Le pere fort
emporté, battit cruellement son

fils, le mit en fang, puis le tint
trois jours en prifon fans nourri-
ture, & enfin le chaffa de fa maifon, en le menaçant de le tuer,
s'il revenoit jamais. La mere é-
pouvantée n'ofa rien dire, elle ne
fit que gémir. L'enfant s'en alla
pleurant; & ne fçachant où fe retirer, il traverfa fur le foir un
grand bois. La nuit le furprit au
pied d'un rocher; il fe mit à l'entrée d'une caverne fur un tapis
de mouffe, où couloit un clair
ruiffeau, & il s'y endormit de
laffitude Au point du jour en
s'éveillant, il vit une belle femme montée fur un cheval gris,
avec une houffe en broderie d'or
qui paroiffoit aller à la chaffe.
N'avez-vous point vû paffer un
cerf & des chiens, lui dit-elle?
Il répondit que non. Puis elle lui
dit : Il me femble que vous êtes
affligé. Qu'avez-vous, lui dit-

elle ? Tenez voilà une bague qui
vous rendra le plus heureux & le
plus puiſſant des hommes, pourvû que vous n'en abuſiez jamais.
Quand vous tournerez le diamant en-dedans, vous ſerez d'a-
bord inviſible. Dès que vous le
tournerez en-dehors, vous paroîtrez à découvert. Quand vous
mettrez l'anneau à votre petit
doigt, vous paroîtrez le fils du
Roi, ſuivi de toute une Cour
magnifique. Quand vous le mettrez au quatriéme doigt, vous paroîtrez dans votre figure naturelle. Auſſitôt le jeune homme comprit que c'étoit une Fée qui lui
parloit. Après ces paroles, elle
s'enfonça dans les bois. Pour lui
il s'en retourna auſſitôt chez ſon
pere, avec impatience de faire
l'eſſai de ſa bague. Il vit & en-
tendit tout ce qu'il voulut ſans
être découvert. Il ne tint qu'à

lui de se venger de son frere, sans s'exposer à aucun danger ; il se montra seulement à sa mere, l'embrassa, & lui dit toute sa merveilleuse avanture. Ensuite mettant l'anneau enchanté à son petit doigt, il parut tout-à-coup comme le Prince fils du Roi, avec cent beaux chevaux, & un grand nombre d'Officiers richement vêtus. Son pere fut bien étonné de voir le fils du Roi dans sa petite maison ; il étoit embarassé, ne sçachant quels respects il devoit lui rendre. Alors Rosimond lui demanda, combien il avoit de fils ? Deux, répondit le pere. Je les veux voir. Faites-les venir tout à l'heure, lui dit Rosimond. Je les veux emmener tous deux à la Cour pour faire leur fortune. Le pere timide répondit en hésitant : Voilà l'aîné que je vous présente. Où est donc le cadet ?

je le veux avoir aussi , dit encore
Rosimond. Il n'est pas ici, dit le
pere. Je l'avois châtié pour une
faute, & il m'a quitté. Alors Rosimond lui dit : Il falloit l'instruire, mais non pas le chasser. Donnez-moi toujours l'aîné, qu'il me
suive ; & vous , dit-il, parlant au
pere , suivez deux Gardes , qui
vous conduiront au lieu que je
leur marquerai. Aussitôt deux
Gardes emmenérent le pere ; &
la Fée dont nous avons parlé ,
l'ayant trouvé dans une forêt ,
elle le frappa d'une verge d'or, &
le fit entrer dans une caverne
sombre & profonde, où il demeura enchanté. Demeurez-y , dit-
elle , jusqu'à ce que votre fils
vienne vous en tirer. Cependant
le fils alla à la Cour du Roi,dans
un tems où le jeune Prince s'é-
toit embarqué pour aller faire la
guerre dans une Isle éloignée :

il avoit été emporté par les vents
sur des côtes inconnuës, où après
un naufrage il étoit captif chez
un Peuple sauvage. Rosimond
parut à la Cour, comme s'il eût
été le Prince qu'on croyoit perdu, & que tout le monde pleuroit. Il dit qu'il étoit revenu par
le secours de quelques Mar-
chands, sans lesquels il seroit
péri : il fit la joye publique. Le
Roi parut si transporté, qu'il ne
pouvoit parler ; & il ne se lassoit
point d'embrasser ce fils qu'il a-
voit crû mort. La Reine fut encore plus attendrie. On fit de
grandes réjoüissances dans tout
le Royaume. Un jour celui qui
passoit pour le Prince, dit à son
véritable frere : Braminte, vous
voyez que je vous ai tiré de votre
Village, pour faire votre fortune : mais je sçai que vous êtes un
menteur, & que vous avez par

vos impostures causé le malheur
de votre frere Rosimond ; il est
ici caché. Je veux que vous parliez à lui , & qu'il vous reproche vos impostures. Braminte
tremblant, se jetta à ses pieds, &
lui avoüa sa faute. N'importe ,
dit Rosimond, je veux que vous
parliez à votre frere , & que vous
lui demandiez pardon. Il sera
bien genereux s'il vous pardon-
ne ; vous ne le méritez pas : il
est dans mon cabinet , où je vous
le ferai voir tout à l'heure. Cependant je m'en vais dans une
chambre voisine , pour vous laisser librement avec lui. Braminte
entra pour obéïr dans le cabinet.
Aussitôt Rosimond changea son
anneau , passa dans cette chambre , & puis il entra par une autre
porte de derriere avec sa figure
naturelle, où Braminte fut bien
honteux de le voir. Il lui deman-

da pardon, & lui promit de réparer toutes ses fautes. Rosimond
l'embrassa en pleurant, lui par-
donna, & lui dit : Je suis en pleine faveur auprès du Prince. Il ne
tient qu'à moi de vous faire périr, ou de vous tenir toute votre
vie dans une prison : mais je veux
être aussi bon pour vous que
vous avez été méchant pour moi.
Braminte honteux & confondu,
lui répondit avec soumission,
n'osant lever les yeux, ni le nommer son frere. Ensuite Rosimond
fit semblant de faire un voyage en
secret pour aller épouser une
Princesse d'un Royaume voisin :
mais sous ce prétexte il alla voir
sa mere, à laquelle il raconta tout
ce qu'il avoit fait à la Cour, &
lui donna dans le besoin quelque
petit secours d'argent. Car le Roi
lui laissoit prendre tout celui qu'il
vouloit ; mais il n'en prenoit ja-

mais beaucoup : cependant il s'é-
leva une furieuse guerre entre le
Roi & un autre Roi voisin , qui
étoit injuste & de mauvaise foi.
Rosimond alla à la Cour du Roi
ennemi , entra par le moyen de
son anneau dans tous les conseils
secrets de ce Prince , demeurant
toujours invisible. Il profita de
tout ce qu'il apprit des mesures
des ennemis. Il les prévint, & les
déconcerta en tout ; il comman-
da l'armée contre eux ; il les défit entierement dans une grande
bataille , & conclut bien-tôt avec
eux une paix glorieuse à des conditions équitables. Le Roi ne songeoit qu'à le marier avec une
Princesse heritiere d'un Royaume voisin, & plus belle que les
graces : mais un jour pendant
que Rosimond étoit à la chasse
dans la même forêt , où il avoit
autrefois trouvé la Fée , elle se

préfenta à lui. Gardez vous bien,
lui dit-elle, d'une voix fevere, de
vous marier, comme fi vous étiez
le Prince ; il ne faut tromper perfonne ; il eft jufte que le Prince
pour qui on vous prend, revienne fucceder à fon pere ; allez le
chercher dans une Ifle, où les
vents que j'envoyerai enfler les
voiles de votre vaiffeau, vous
meneront fans peine ; hâtez-vous
de rendre ce fervice à votre maître, contre ce qui pourroit flater
votre ambition, & fongez à rentrer en homme de bien dans votre
condition naturelle. Si vous ne le
faites, vous ferez injufte & malheureux, je vous abandonnerai
à vos anciens malheurs. Rofimond
profita fans peine d'un fi fage
confeil. Sous prétexte d'une négociation fecrete dans un Etat
voifin, il s'embarqua fur un vaiffeau, & les vents le menérent

d'abord dans l'Ifle, où la Fée lui
avoit dit qu'étoit le vrai fils du
Roi. Ce Prince étoit captif chez
un peuple fauvage, où l'on lui
faifoit garder des troupeaux. Rofimond invifible l'alla enlever
dans les pâturages, où il condui-
foit fon troupeau ; & le couvrant
de fon propre manteau qui étoit
invifible comme lui, il le délivra
des mains de ces peuples cruels ;
ils s'embarquérent enfemble.
D'autres vents obéïffans à la Fée,
les ramenérent ; ils arrivérent enfemble dans la chambre du Roi.
Rofimond fe préfenta à lui, & lui
dit : Vous m'avez crû votre fils ;
je ne le fuis pas, mais je vous le
rends ; tenez le voilà lui-même.
Le Roi bien étonné s'adreffa à
fon fils, & lui dit : N'eft-ce pas
vous, mon fils, qui avez vaincu
mes ennemis, & qui avez fait
glorieufement la paix ? Ou bien

est-il vrai que vous avez fait un naufrage? que vous avez été captif, & que Rosimond vous a délivré? Oüi, mon pere, répondit-il. C'est lui qui est venu dans le pays où j'étois captif. Il m'a enlevé ; je lui dois la liberté, & le plaisir de vous revoir. C'est lui, & non pas moi à qui vous devez la victoire. Le Roi ne pouvoit croire ce qu'on lui disoit : mais Rosimond changeant sa bague, se montra au Roi sous la figure du Prince ; & le Roi épouvanté vit à la fois deux hommes qui lui parurent tous deux ensemble son même fils. Alors il offrit pour tant de services des sommes immenses à Rosimond, qui les refusa ; il demanda seulement au Roi la grace de conserver à son frere Braminte une Charge qu'il avoit à la Cour. Pour lui, il craignit l'inconstance de la fortune, l'en-

vie des hommes , & sa propre fra-
gilité. Il voulut se retirer dans
son Village avec sa mere, où il se
mit à cultiver la terre. La Fée
qu'il revit encore dans les bois ,
lui montra la caverne où son pere
étoit , & lui dit les paroles qu'il
falloit prononcer pour le délivrer. Il prononça avec une très-
sensible joye ces paroles. Il délivra son pere, qu'il avoit depuis
longtems impatience de délivrer ,
& lui donna de quoi passer doucement sa vieillesse. Rosimond
fut ainsi le bienfaiteur de toute
sa famille, & il eut le plaisir de
faire du bien à tous ceux qui a-
voient voulu lui faire du mal.
Après avoir fait les plus grandes
choses pour la Cour, il ne voulut d'elle que la liberté de vivre
loin de sa corruption. Pour comble de sagesse, il craignit que son
anneau ne le tentât de sortir de

sa solitude , & ne le rengageât dans les grandes affaires. Il retourna dans le bois où la Fée lui avoit apparu si favorablement ; il alloit tous les jours auprès de la caverne , où il avoit eu le bonheur de la voir autrefois ; & c'étoit dans l'esperance de l'y revoir. Enfin elle s'y présenta encore à lui , & il lui rendit l'anneau enchanté. Je vous rends, lui dit-il, un don d'un si grand prix, mais si dangereux , & duquel il est si facile d'abuser. Je ne me croirai en sûreté , que quand je n'aurai plus dequoi sortir de ma solitude, avec tant de moyens de contenter toutes mes passions.

Pendant que Rosimond rendoit cette bague , Braminte dont le méchant naturel n'étoit point corrigé , s'abandonna à toutes ses passions, & voulut engager le jeune Prince qui étoit devenu Roi , à traiter indignement Rosimond. La Fée dit à Rosimond : Votre frere toujours imposteur a voulu vous rendre suspect au nouveau Roi, & vous perdre ; il mérite d'être puni, & il faut qu'il périsse. Je m'en vais lui donner cette bague que vous me rendez. Rosimond pleura le malheur de son frere ; puis il dit à la Fée : Comment prétendez-vous le punir par un si merveilleux présent ? il en abusera pour persecuter tous les gens de bien, & pour avoir une puissance sans bornes. Les mêmes choses, répondit la Fée, sont un remede salutaire aux uns, & un poison mortel aux autres. La prosperité est la source de tous les maux pour les méchans. Quand on veut punir un scelerat, il n'y a qu'à le rendre bien puissant pour le faire périr bientôt. Elle alla ensuite au Palais ;

elle se montra à Braminte sous
la figure d'une vieille femme couverte de haillons ; elle lui dit :
J'ai retiré des mains de votre frere la bague que je lui avois prê-
tée, & avec laquelle il s'étoit acquis tant de gloire : recevez-la
de moi, & pensez bien à l'usage
que vous en ferez. Braminte répondit en riant : Je ne ferai pas
comme mon frere, qui fut assez
insensé pour aller chercher le
Prince, au lieu de regner en sa
place. Braminte avec cette bague ne songea qu'à découvrir le
secret de toutes les familles, qu'à
commettre des trahisons, des
meurtres, & des infamies, qu'à
écouter les Conseils du Roi, qu'à
enlever les richesses des particu-
liers. Ses crimes invisibles éton-
noient tout le monde. Le Roi
voyant tant de secrets découverts
ne sçavoit à quoi attribuer cet in-

convenient : mais la prosperité sans bornes, & l'insolence de Braminte, lui firent soupçonner qu'il avoit l'anneau enchanté de son frere. Pour le découvrir, il se servit d'un Etranger d'une Nation ennemie, à qui il donna une grande somme. Cet homme vint la nuit offrir à Braminte de la part du Roi ennemi, des biens & des honneurs immenses, s'il vouloit lui faire sçavoir par des espions tout ce qu'il pourroit apprendre des secrets de son Roi.

Braminte promit tout ; alla même dans un lieu où on lui donna une somme très-grande, pour commencer sa récompense. Il se vanta d'avoir un anneau qui le rendoit invisible. Le lendemain le Roi l'envoya chercher, & le fit d'abord saisir : on lui ôta l'anneau, & on trouva sur lui plusieurs papiers qui prouvoient ses crimes.

crimes. Rosimond revint à la Cour pour demander la grace de son frere, qui lui fut refusée. On fit mourir Braminte ; & l'anneau lui fut plus funeste, qu'il n'avoit été utile à son frere.

Le Roi pour consoler Rosimond de la punition de Braminte, lui rendit l'anneau, comme un trésor d'un prix infini. Rosimond affligé n'en jugea pas de même ; il retourna chercher la Fée dans les bois. Tenez, lui dit-il, votre anneau. L'experience de mon frere m'a fait comprendre ce que je n'avois pas bien compris d'abord quand vous me le dîtes. Gardez cet instrument fatal de la perte de mon frere. Helas ! il seroit encore vivant ; il n'auroit pas accablé de douleur & de honte la vieillesse de mon pere & de ma mere. Il seroit peut-être sage & heureux, s'il n'avoit jamais eu de quoi contenter ſes deſirs. O qu'il eſt dangereux de pouvoir plus que les autres hommes ! Reprenez votre anneau. Malheur à ceux à qui vous le donnerez. L'unique grace que je vous demande, c'eſt de ne le donner jamais à aucune des perſonnes pour qui je m'intéreſſe.

✖✖✖✖✖✖✖✖✖✖✖✖✖✖✖✖✖✖✖✖✖✖✖

FABLE VI.

Histoire de Florise.

UNE Païsanne connoissoit dans son voisinage une Fée. Elle la pria de venir à une de ses couches, où elle eut une fille. La Fée prit d'abord l'enfant entre ses bras, & dit à la mere : Choisissez ; elle sera, si vous voulez, belle comme le jour, d'un esprit encore plus charmant que sa beauté, & Reine d'un grand Royaume, mais malheureuse ; ou bien elle sera laide & Païsanne comme vous, mais contente dans sa condition. La Païsanne choisit d'abord pour cet enfant la beauté & l'esprit avec une couronne, au hazard de quelque malheur. Voilà la petite fille, dont la beauté commence déja à effacer toutes celles qu'on avoit jamais vûës. Son esprit étoit doux, poli, insinuant ; elle apprenoit tout ce qu'on vouloit lui apprendre, & le sçavoit bientôt mieux que ceux qui le lui avoient appris. Elle dansoit sur l'herbe les jours de fête, avec plus de graces que toutes ses Compagnes. Sa voix étoit plus touchante qu'aucun instrument de musique, & elle faisoit elle-même les chansons qu'elle chantoit. D'abord elle ne sçavoit point qu'elle étoit belle : mais en joüant avec ses Compagnes sur le bord d'une claire fontaine, elle se vit, elle remarqua combien elle étoit differente des autres, elle s'admira. Tout le pays qui accouroit en foule pour la voir, lui fit encore plus connoître ses charmes. Sa mere qui comptoit sur les prédic-

tions de la Fée, la regardoit déja
comme une Reine, & la gâtoit
par ses complaisances. La jeune
fille ne vouloit ni filer, ni coudre,
ni garder les moutons; elle s'amu-
soit à cüeillir des fleurs, à en parer sa tête, à chanter, & à danser à l'ombre des bois. Le Roi de
ce pays-là étoit fort puissant, &
il n'avoit qu'un fils nommé Rosimond qu'il vouloit marier. Il ne
put jamais se résoudre à entendre
parler d'aucune Princesse des E-
tats voisins, parce qu'une Fée lui
avoit assuré, qu'il trouveroit une
Païsanne plus belle & plus parfaite que toutes les Princesses du
monde. Il prit la résolution de
faire assembler toutes les jeunes
Villageoises de son Royaume au-
dessous de dix-huit ans, pour
choisir celle qui seroit la plus
digne d'être choisie. On exclut
d'abord une quantité innombra-

ble de filles, qui n'avoient qu'une
médiocre beauté, & on en sépara
trente qui surpassoient infiniment
toutes les autres. Florise (c'est
le nom de notre jeune fille) n'eut
pas de peine à être mise dans ce
nombre. On rangea ces trente filles au milieu d'une grande salle ,
dans une espece d'amphitheatre,
où le Roi & son fils les pouvoient
regarder toutes à la fois. Florise
parut d'abord au milieu de toutes les autres , ce qu'une belle
anemone paroîtroit parmi des
soucis ; ou ce qu'un oranger fleuri paroîtroit au milieu des buis-
sons sauvages ; le Roi s'écria
qu'elle méritoit sa couronne. Rosimond se crut heureux de posse-
der Florise. On lui ôta ses habits
de Village ; on lui en donna qui
étoient tous brodez d'or. En un
instant elle se vit couverte de
perles & de diamants. Un grand

nombre de Dames étoient occu-
pées à la servir. On ne songeoit
qu'à deviner ce qui pouvoit lui
plaire, pour le lui donner avant
qu'elle eut la peine de le demander. Elle étoit logée dans un magnifique appartement du Palais,
qui n'avoit au lieu de tapisseries
que de grandes glaces de miroir
de toute la hauteur des chambres
& des cabinets, afin qu'elle eut
le plaisir de voir sa beauté multi-
pliée de tous côtez, & que le Prince pût l'admirer en quelque endroit qu'il jettât les yeux. Rosimond avoit quitté la chasse, le
jeu, tous les exercices du corps,
pour être sans cesse auprès d'elle;
& comme le Roi son pere étoit
mort bientôt après le mariage,
c'étoit la sage Florise devenuë
Reine, dont les conseils déci-
doient de toutes les affaires de
l'Etat. La Reine-Mere du nou-

veau Roi, nommée Gronipote,
fut jalouse de sa Belle-fille. Elle
étoit artificieuse, maligne, cruelle. La vieillesse avoit ajouté une
affreuse difformité à sa laideur
naturelle, & elle ressembloit à
une Furie. La beauté de Florise
la faisoit paroître encore plus hi-
deuse,& l'irritoit à tout moment :
elle ne pouvoit souffrir qu'une si
belle personne la défigurât ; elle
craignoit aussi son esprit, & elle
s'abandonna à toutes les fureurs
de l'envie. Vous n'avez point de
cœur, disoit-elle souvent à son
fils, d'avoir voulu épouser cette
petite Païsane ; & vous avez la
bassesse d'en faire votre idole :
elle est fiere, comme si elle étoit
née dans la place où elle est.
Quand le Roi votre pere voulut
se marier, il me préfera à toute
autre, parce que j'étois la fille
d'un Roi égal à lui. C'est ainsi

que vous dévriez faire. Renvoyez
cette petite Bergere dans son Village , & songez à quelque jeune
Princesse dont la naissance vous
convienne. Rosimond résistoit à
sa mere : mais Gromipote enleva
un jour un billet que Florise écri-
voit au Roi, & le donna à un jeune homme de la Cour, qu'elle
obligea d'aller porter ce billet au
Roi, comme si Florise lui avoit
rémoigné toute l'amitié qu'elle
ne devoit avoir que pour le Roi
seul. Rosimond aveuglé par sa
jalousie, & par les conseils ma-
lins que lui donna sa mere, fit en-
fermer Florise pour toute la vie
dans une haute tour bâtie sur la
pointe d'un rocher qui s'élevoit
dans la mer. Là elle pleuroit nuit
& jour, ne sçachant par quelle
injustice le Roi qui l'avoit tant
aimée, la traitoit si indignement.
Il ne lui étoit permis de voir qu'-

L 5

une vieille femme , à qui Gronipote l'avoit confiée , & qui lui
insultoit à tout moment dans cette prison. Alors Florise se ressouvint de son Village, de sa cabane,
& de tous ses plaisirs champêtres. Un jour pendant qu'elle é-
toit accablée de douleur,& qu'elle déploroit l'aveuglement de sa
mere, qui avoit mieux aimé qu'-
elle fût belle , & Reine malheureuse , que Bergere laide & contente dans son état ; la vieille qui
la traitoit si mal, vint lui dire que
le Roi envoyoit un Bourreau
pour lui couper la tête, & qu'elle
n'avoit plus qu'à se résoudre à la
mort. Florise répondit qu'elle
étoit prête à recevoir le coup. En
effet , le Bourreau envoyé par les
ordres du Roi, sur les conseils de
Gronipote, tenoit un grand cou-
telas pour l'execution , quand il
parut une femme qui dit qu'elle

venoit de la part de cette Reine
pour dire deux mots en secret à
Florife avant fa mort. La vieille
la laiffa parler à elle, parce que
cette perfonne lui parut une des
Dames du Palais : mais c'étoit la
Fée qui avoit prédit les malheurs
de Florife à fa naiffance, & qui
avoit pris la figure de cette Dame de la Reine Mere. Elle parla
à Florife en particulier, en faifant
retirer tout le monde. Voulez-
vous, lui dit-elle, renoncer à la
beauté qui vous a été fi funefte ?
Voulez-vous quitter le titre de
Reine, reprendre vos anciens habits, & retourner dans votre Village ? Florife fut ravie d'accepter
cette offre. La Fée lui appliqua
fur le vifage un mafque enchanté ; auffitôt les traits de fon vifage
devinrent groffiers, & perdirent
toute leur proportion ; elle devint auffi laide qu'elle avoit été

belle & agréable. En cet état, elle
n'étoit plus reconnoissable, & elle
passa sans peine au travers de tous
ceux qui étoient venus là pour
être témoins de son supplice; elle
suivit la Fée, & repassa avec elle
dans son païs. On eut beau chercher Florise, on ne la put trouver
en aucun endroit de la tour. On
alla en porter la nouvelle au Roi
& à Gronipote, qui la firent encore chercher, mais inutilement
par tout le Royaume. La Fée l'a-
voit renduë à sa mere, qui ne
l'eût pas connuë dans un si grand
changement, si elle n'en eût été
avertie. Florise fut contente de
vivre laide, pauvre, & inconnuë
dans son Village, où elle gardoit
des moutons. Elle entendoit tous
les jours raconter ses avantures &
déplorer ses malheurs. On en
avoit fait des Chansons, qui faisoient pleurer tout le monde; elle

prenoit plaifir à les chanter fou-
vent avec ses Compagnes , & elle
en pleuroit comme les autres :
mais elle fe croyoit heureufe en
gardant fon troupeau , & ne voulut jamais découvrir à perfonne
qui elle étoit.

✱✦✱✦✣✦✱✦✣✦✱✦✣✦✱✦✣✦✱✦✣✦✱✦✣✦✱✦✣✦✱✦✣✦✱✦

FABLE VII.

Histoire du Roi Alfaroute & de Clariphile.

IL y avoit un Roi nommé Alfaroute qui étoit craint de tous
ses voisins , & aimé de tous ses
Sujets. Il étoit sage, bon, juste,
vaillant, habile ; rien ne lui manquoit. Une Fée vint le trouver ,
& lui dire qu'il lui arriveroit
bientôt de grands malheurs , s'il
ne se servoit pas de la bague qu'-
elle lui mit au doigt. Quand il
tournoit le diamant de la bague
en-dedans de sa main , il devenoit d'abord invisible ; & dès
qu'il le retournoit en-dehors , il
étoit visible comme auparavant.
Cette bague lui fut très-commo-
de, & lui fit grand plaisir. Quand

il se défioit de quelqu'un de ses
Sujets, il alloit dans le cabinet
de cet homme, avec son diamant
tourné en-dedans ; il entendoit,
& il voyoit tous les secrets domestiques sans être apperçu. S'il
craignoit les desseins de quelque
Roi voisin de son Royaume, il
s'en alloit jusques dans ses Conseils les plus secrets, où il apprenoit tout, sans être jamais découvert. Ainsi il prévenoit sans
peine tout ce qu'on vouloit faire
contre lui ; il détourna plusieurs
conjurations formées contre sa
personne, & déconcerta ses ennemis qui vouloient l'accabler. Il
ne fut pourtant pas content de sa
bague, & il demanda à la Fée un
moyen de se transporter en un
moment d'un pays en un autre,
pour pouvoir faire un usage plus
prompt & plus commode de l'anneau qui le rendoit invisible. La

Fée lui répondit en soûpirant :
Vous en demandez trop. Craignez que ce dernier don ne vous
soit nuisible. Il n'écouta rien, &
la pressa toujours de le lui accorder. Hé bien, dit-elle, il faut
donc malgré moi vous donner ce
que vous vous repentirez d'avoir.
Alors elle lui frotta les épaules
d'une liqueur odoriferante. Aussitôt il sentit de petites aîles qui
naissoient sur son dos. Ces petites aîles ne paroissoient point sous
ses habits : mais quand il avoit
résolu de voler, il n'avoit qu'à
les toucher avec la main ; aussitôt elles devenoient si longues,
qu'il étoit en état de surpasser infiniment le vol rapide d'un aigle.
Dès qu'il ne vouloit plus voler,
il n'avoit qu'à retoucher ses aîles.
D'abord elles se rapetissoient, en
sorte qu'on ne pouvoit les apper-
cevoir sous ses habits. Par ce

moyen le Roi alloit par tout en peu de momens ; il sçavoit tout, & on ne pouvoit concevoir par où il devinoit tant de choses ; car il se renfermoit, & paroissoit demeurer presque toute la journée dans son cabinet, sans que personne osât y entrer. Dès qu'il y étoit, il se rendoit invisible par sa bague, étendoit ses aîles en les touchant, & parcouroit des païs immenses. Par là il s'engagea dans de grandes guerres, où il remporta toutes les victoires qu'il voulut : mais comme il voyoit sans cesse les secrets des hommes, il les connut si méchants & si dissimulez qu'il n'osoit plus se fier à personne. Plus il devenoit puissant & redoutable, moins il étoit aimé, & il voyoit qu'il n'étoit aimé d'aucun de ceux mêmes à qui il avoit fait de plus grands biens. Pour se consoler, il résolut d'aller dans tous les pays du monde chercher une femme parfaite qu'il pût épouser, dont il pût être aimé, & par laquelle il pût se rendre heureux. Il la chercha longtems ; & comme il voyoit tout sans être vû, il connoissoit les secrets les plus impénétrables. Il alla dans toutes les Cours : il trouva par tout des femmes dissimulées, qui vouloient être aimées, & qui s'aimoient trop elles-mêmes pour aimer de bonne foi un mari. Il passa dans toutes les maisons particulieres ; l'une avoit l'esprit leger & inconstant ; l'autre étoit artificieuse, l'autre hautaine, l'autre bizarre, presque toutes fausses, vaines & idolâtres de leurs personnes. Il descendit jusqu'aux plus basses conditions, & il trouva enfin la fille d'un pauvre Laboureur, belle comme le jour, mais simple & in-

genuë dans fa beauté , qu'elle
comptoit pour rien , & qui étoit
en effet fa moindre qualité ; car
elle avoit un efprit & une vertu
qui furpaffoit toutes les graces de
fa perfonne. Toute la jeuneffe de
fon voifinage s'empreffoit pour la
voir ; & chaque jeune homme
eût crû affurer le bonheur de fa
vie en l'époufant. Le Roi Alfaroute ne put la voir fans en être
paffionné. Il la demanda à fon
pere , qui fut tranfporté de joye
de voir que fa fille feroit une
grande Reine. Clariphile (c'é-
toit fon nom) paffa de la cabane
de fon pere dans un riche Palais,
où une Cour nombreufe la reçut.
Elle n'en fut point ébloüie ; elle
conferva fa fimplicité , fa modeftie , fa vertu , & elle n'oublia
point d'où elle étoit venuë , lorf-
qu'elle fut au comble des honneurs. Le Roi redoubla fa ten-

dreſſe pour elle , & crut enfin
qu'il parviendroit à être heureux.
Peu s'en falloit qu'il ne le fût déja, tant il commençoit à ſe fier
au bon cœur de la Reine. Il ſe
rendoit à toute heure inviſible
pour l'obſerver , & pour la ſur.
prendre : mais il ne découvroit
rien en elle, qu'il ne trouvât digne
d'être admiré. Il n'y avoit plus
qu'un reſte de jalouſie & de défiance qui le troubloit encore un
peu dans ſon amitié. La Fée qui
lui avoit prédit les ſuites funeſtes
de ſon dernier don , l'avertiſſoit
ſouvent , & il en fut importuné.
Il donna ordre qu'on ne la laiſ-
ſât plus entrer dans le Palais , &
dit à la Reine qu'il lui défendoit
de la recevoir. La Reine promit
avec beaucoup de peine d'obéïr,
parce qu'elle aimoit fort cette
bonne Fée. Un jour la Fée voulant inſtruire la Reine ſur l'ave-

nir, entra chez elle sous la figure d'un Officier, & déclara à la Reine qui elle étoit. Auflitôt la Reine l'embrafla tendrement. Le Roi qui étoit alors invifible, l'apperçut, & fut tranfporté de jaloufie jufqu'à la fureur. Il tira fon épée, & en perça la Reine, qui tomba mourante entre fes bras. Dans ce moment la Fée reprit fa véritable figure. Le Roi la reconnut, & comprit l'innocence de la Reine. Alors il voulut fe tuer. La Fée arrêta le coup, & tâcha de le confoler. La Reine en expirant, lui dit : Quoique je meure de votre main, je meurs toute à vous. Alfarou te déplora fon malheur, d'avoir voulu malgré la Fée un don qui lui étoit fi funefle. Il lui rendit la bague, & la pria de lui ôter fes aîles. Le refte de fes jours fe

paſſa dans l'amertume & dans
la douleur. Il n'avoit point d'autre conſolation, que d'aller pleurer ſur le tombeau de Clariphile.

✿✸✿✸✿✸✿✸✿✸✿✸✿✸✿✸✿✸✿✸✿✸✿✸✿

VIII. FABLE.

Histoire d'une vieille Reine, &
d'une jeune Païsanne.

IL étoit une fois une Reine si
vieille, si vieille, qu'elle n'a-
voit plus ni dents ni cheveux ;
sa tête branloit comme les feüilles que le vent remuë ; elle ne
voyoit plus même avec ses lunettes : le bout de son nez, & celui
de son menton se touchoient ;
elle étoit rapetissée de la moitié, & toute en un ploton, avec
le dos si courbé, qu'on auroit
crû qu'elle avoit toujours été
contrefaite. Une Fée qui avoit
assisté à sa naissance l'aborda, &
lui dit : Voulez-vous rajeunir ?
Volontiers, répondit la Reine.
Je donnerois tous mes joyaux

pour n'avoir que vingt ans. Il
faut donc, continua la Fée, donner votre vieilleſſe à quelque autre, dont vous prendrez la jeuneſſe & la ſanté A qui donne-
rons nous vos cent ans La Reine fit chercher par tout quelqu'un qui voulut être vieux pour
la rajeunir ; il vint beaucoup de
gueux qui vouloient vieillir pour
être riches : mais quand ils a-
voient vû la Reine touſſer, cra-
cher, raller, vivre de boüillie,
être ſale ; hideuſe, puante, ſouf-
frante, & radoter un peu, ils ne
vouloient plus ſe charger de ſes
années ; ils aimoient mieux mandier, & porter des haillons ; il
venoit auſſi des ambitieux à qui
elle promettoit de grands rangs
& de grands honneurs : mais que
faire de ces rangs, diſoient-ils,
après l'avoir vûë ; nous n'oſe-
rions nous montrer étant ſi dé-
goûtans

goûtans & si horribles. Enfin il
se présenta une jeune fille du
Village, belle comme le jour,
qui demanda la Couronne pour
prix de sa jeunesse; elle se nommoit Peronnelle. La Reine s'en
fâcha d'abord; mais que faire :
à quoi sert-il de se fâcher ? elle
vouloit rajeunir. Partageons,
dit-elle à Peronelle, mon Royaume; vous en aurez une moitié,
& moi l'autre. C'est bien assez
pour vous qui êtes une petite
Païsanne. Non, répondit la fille,
ce n'est pas assez pour moi. Je
veux tout; laissez-moi ma condition de Païsanne avec mon
teint fleuri, je vous laisserai vos
cent ans avec vos rides, & la
mort qui vous talonne : mais aussi, répondit la Reine, que ferois-
je si je n'avois plus de Royaume ?
Vous ririez, vous danseriez,
vous chanteriez comme moi, lui

dit cette fille. En parlant ainsi, elle se mit à rire, à danser, & à chanter. La Reine qui étoit bien loin d'en faire autant, lui dit : Que feriez-vous en ma place ? Vous n'êtes point accoutumée à la vieillesse. Je ne sçai pas, dit la Païsanne, ce que je ferois : mais je voudrois bien l'essayer ; car j'ai toujours oüi dire qu'il est beau d'être Reine. Pendant qu'elles étoient en marché, la Fée survint, qui dit à la Païsanne : Voulez-vous faire votre apprentissage de vieille Reine, pour sçavoir si ce métier vous accommodera ? Pourquoi non, dit la fille ; à l'instant les rides couvrent son front ; ses cheveux blanchissent ; elle devint grondeuse & rechignée ; sa tête branle, & toutes ses dents aussi ; elle a déja cent ans. La Fée ouvre une petite boëte, & en tire une

foulle d'Officiers & de Courtifans richement vêtus, qui croif-
fent à mefure qu'ils en fortent, &
qui rendent mille refpects à la
nouvelle Reine ; on lui fert un
grand feftin ; mais elle eft dégoû-
tée, & ne fçauroit mâcher ; elle
eft honteufe & étonnée ; elle ne
fçait ni que dire , ni que faire ;
elle touffe à crever ; elle crache
fur fon menton ; elle a au nez une
roupie gluante , qu'elle effuye
avec fa manche ; elle fe regarde
au miroir, & elle fe trouve plus
laide qu'une guenuche. Cependant la véritable Reine étoit
dans un coin, qui rioit , & qui
commençoit à devenir jolie ; fes
cheveux revenoient , & fes dents
auffi ; elle reprenoit un bon teint
frais & vermeil ; elle fe redreffoit
avec mille petites façons : mais
elle étoit craffeufe , court vêtuë,
avec fes habits fales , qui fem-

bloient avoir été traînez dans les
cendres ; elle n'étoit pas accoû-
tumée à cet équipage; & les Gardes la prenant pour quelque ser-
vante de cuisine , vouloient la
chasser du Palais. Alors Peronnelle lui dit : Vous voilà bien
embarrassée de n'être plus Reine,
& moi encore davantage de l'ê-
tre : tenez, voilà votre Couronne , rendez-moi ma cotte grise.
L'échange fut aussitôt faite ; &
la Reine de revieillir , & la Païi-
sanne de rajeunir. A peine le
changement fut fait , que toutes
deux s'en repentirent ; mais il
n'étoit plus tems. La Fée les con-
damna à demeurer chacune dans
sa condition. La Reine pleuroit
tous les jours dès qu'elle avoit
mal au bout du doigt ; elle disoit:
Helas ! si j'étois Peronnelle , à
l'heure que je parle, je serois logée dans une chaumiere , & je

vivrois de chataignes : mais je
danserois sous l'orme avec les
Bergers , au son de la flûte. Que
me sert d'avoir un beau lit , où je
ne fais que souffrir , & tant de
gens qui ne peuvent me soulager?
Ce chagrin augmenta ses maux ;
les Medecins qui étoient sans cesse douze autour d'elle , les aug-
mentérent aussi. Enfin elle mourut au bout de deux mois ; Peronnelle faisoit une danse ronde
le long d'un clair ruisseau avec
ses Compagnes , quand elle apprit la mort de la Reine : alors
elle reconnut qu'elle avoit été
plus heureuse que sage , d'avoir
perdu la Royauté. La Fée revint
la voir , & lui donna à choisir
des trois maris , l'un vieux , chagrin, désagréable, jaloux & cruel,
mais riche, puissant & très-grand
Seigneur, qui ne pourroit ni jour
ni nuit se passer de l'avoir au-

M 3

près de lui ; l'autre bien fait, doux, commode, aimable, & d'une grande naiſſance, mais pauvre & malheureux en tout. Le dernier, Païſan comme elle, qui ne ſeroit ni beau ni laid, qui ne l'aimeroit ni trop, ni trop peu ; qui ne ſeroit ni riche ni pauvre ; elle ne ſçavoit lequel prendre ; car naturellement elle aimoit fort les beaux habits, les équipages & les grands honneurs : mais la Fée lui dit : Allez, vous êtes une ſotte. Voyez-vous ce Païſan ? voilà le mari qu'il vous faut. Vous aimeriez trop le ſecond ; vous ſeriez trop aimée du premier ; tous deux vous rendroient malheureuſe : c'eſt bien aſſez que le troiſiéme ne vous batte point ; il vaut mieux danſer ſur l'herbe ou ſur la fougere, que dans un Palais, & être Peronnelle dans le Village, qu'une

Dame malheureuse dans le beau monde. Pourvû que vous n'ayez aucun regret aux grandeurs, vous ferez heureuse avec votre Laboureur toute votre vie.

❖❂✕❂✕❂✕❂✕❂✕❂✕❂❂✕❂✕❂❂✕❂❖

IX. FABLE.

Fable de Lycon.

QUAND la Renommée par
le son éclatant de sa trom-
pette, eut annoncé aux Divinitez rustiques, & aux Bergers de
Lipithe le départ de Lycon, tous
ces bois si sombres retentirent de
plaintes ameres. Echo les répé-
toit tristement, & tous les vallons d'alentour. On n'entendoit
plus le doux son de la flûte, ni
celui du hautbois. Les Bergers
même dans leur douleur bri-
soient leurs chalumeaux : tout
languissoit ; la tendre verdure
des arbres commençoit à s'effacer. Le Ciel jusqu'alors si serain
se chargeoit de noires tempêtes.
Les cruels Aquilons faisoient dé-

ja frémir les boccages comme en Hyver. Les Divinitez même les plus champêtres ne furent pas insensibles à cette perte. Les Dryades sortirent des troncs creux des vieux chênes pour regreter Lycon. Il se fit une assemblée de ces tristes Divinitez, autour d'un grand arbre, qui élevoit ses branches vers les Cieux, & qui couvroit de son ombre épaisse la terre sa mere depuis plusieurs siecles. Helas ! autour de ce vieux tronc noüeux, & d'une grosseur prodigieuse, les Nymphes de ces bois accoûtumées à faire leurs danses & leurs jeux folâtres, vinrent raconter leur malheur. Ç'en est fait, disoient-elles, nous ne reverrons plus Lycon; il nous quitte : la Fortune ennemie nous l'enleve ; il va être l'ornement & les délices d'un autre boccage plus heureux que le nôtre. Non, il n'est

plus permis d'efperer d'entendre
fa voix , ni de le voir tirant de
l'arc, & perçant de fes flèches les
rapides oifeaux. Pan lui-même
accourut , ayant oublié fa flûte;
les Faunes & les Satyres fufpen-
dirent leurs danfes: les oifeaux
même ne chantoient plus On
n'entendoit que les cris affreux
des hiboux, & des autres oifeaux
de mauvais préfage. Philomele &
fes Compagnes gardoient un même filence. Alors Flore & Pomone parurent tout-à-coup d'un air
riant au milieu du boccage , fe
tenant par la main ; l'une étoit
couronnée de fleurs, & en faifoit
naître fous fes pas empraints fur
le gafon ; l'autre portoit dans une
corne d'abondance tous les fruits
que l'Automne répand fur la terre , pour payer l'homme de fes
peines. Confolez-vous , dirent-
elles , à cette affemblée de Dieux

confternez ; Lycon part, il est
vrai : mais il n'abandonne pas
cette montagne consacrée à Apollon. Bientôt vous le verrez ici
cultivant lui-même nos jardins
fortunez. Sa main y plantera les
verds arbustes, les plantes qui
nourrissent l'homme, & les fleurs
qui font ses délices. O ! Aquilons, gardez-vous de flêtrir jamais par vos souffles empestez ces
jardins où Lycon prendra des
plaisirs innocens ; il préferera la
simple nature au faste , & aux
divertissemens désordonnez ; il
aimera ces lieux ; il les abandonne à regret. A ces mots la tristesse se change en joye ; on chante les loüanges de Lycon ; on dit
qu'il sera amateur des jardins ,
comme Apollon a été Berger conduisant les troupeaux d'Admete : mille chansons divines rem-
plissent le boccage , & le nom de

M 6

Lycon paſſe de l'antique forêt, juſqu'aux Campagnes les plus reculées. Les Bergers le répétent ſur leurs chalumeaux; les oiſeaux même dans leurs doux ramages font entendre je ne ſçai quoi qui reſſemble au nom de Lycon. La terre ſe pare de fleurs, & s'enrichit de fruits. Les jardins qui attendent ſon retour, lui préparent les graces du Printemps, & les magnifiques dons de l'Automne. Les ſeuls regards de Lycon qu'il jette encore de loin ſur cette agréable montagne, la fertiliſent. Là après avoir arraché les plantes ſauvages & ſteriles, il cuëillera l'olive & la myrthe, en attendant que Mars lui faſſe cuëillir ailleurs des lauriers.

✳✶✳✶✳✶✳✶✳✶✳✶✳✶✳✶✳✶✳✶✳✶✳✶✳✶✳

X. FABLE.

Fable d'un jeune Prince.

LE Soleil ayant laiſſé le vaſte
tour du Ciel en paix·, avoit
fini ſa courſe, & plongé ſes chevaux fougueux dans le ſein des
ondes de l'Heſperie. Le bord de
l'horiſon étoit encore rouge comme la pourpre, & enflâmé des
rayons ardents qu'il y avoit ré-·
pandus ſur ſon paſſage. La brû-
lante canicule deſſechoit la terre ; toutes les plantes alterées lan-
guiſſoient ; les fleurs ternies pan-
choient leurs têtes, & leurs tiges
malades ne pouvoient plus les
ſoûtenir : les Zephirs même re-
tenoient leurs douces haleines.
L'air que les animaux reſpi-
roient, étoit ſemblable à de l'eau

tiéde ; la nuit qui répand avec
ses ombres une douce fraîcheur,
ne pouvoit temperer la chaleur
dévorante que le jour avoit causé : elle ne pouvoit verser sur les
hommes abattus & défaillans, ni
la rosée qu'elle fait distiller ,
quand Vesper brille à la queuë
des autres Étoiles, ni cette mois-
son de pavots, qui font sentir les
charmes du sommeil à toute la
nature fatiguée. Le Soleil seul
dans le sein de Thetys joüissoit
d'un profond repos : mais ensuite quand il fut obligé de remon-
ter sur son char attelé par les
Heures, & devancé par l'Aurore
qui seme son chemin de roses, il
apperçut tout l'Olympe couvert
de nuages ; il vit les restes d'une
tempête qui avoit effrayé les
mortels pendant toute la nuit :
les nuages étoient encore empestez de l'odeur des vapeurs sou-

phrées, qui avoient allumé les éclairs, & fait gronder le mena-çant tonnerre ; les vents féditieux ayant rompu leurs chaînes, & forcé leurs cachots profonds, mu-giſſoient encore dans les vaſtes plaines de l'air ; des torrens tom-boient des montagnes dans tous les vallons. Celui dont l'œil plein de rayons anime toute la nature, voyoit de toutes parts en ſe le-vant le reſte d'un cruel orage : mais (ce qui l'émut davantage) il vit un jeune Nourriſſon des Muſes, qui lui étoit fort cher, à qui la tempête avoit dérobé le ſommeil, lorſqu'il commençoit déja à étendre ſes ſombres aîles ſur ſes paupieres ; il fut ſur le point de ramener ſes chevaux en arriere, & de retarder le jour, pour rendre le repos à celui qui l'avoit perdu. Je veux, dit-il, qu'il dor-me. Le ſommeil rafraîchira ſon

fang, appaifera fa bile, lui donnera la fanté & la force dont il
aura befoin pour imiter les travaux d'Hercule, lui infpirera je
ne fçai quelle douceur tendre,
qui pourroit feule lui manquer.
Pourvû qu'il dorme, qu'il rie,
qu'il adouciffe fon temperament,
qu'il aime les jeux de la focieté,
qu'il prenne plaifir à aimer les
hommes, & à fe faire aimer d'eux,
toutes les graces de l'efprit & du
corps, viendront en foule pour
l'orner.

✶✶✶✶✶✶✶✶✶✶✶✶✶✶✶✶✶✶✶✶✶✶✶✶

XI. FABLE.

Le jeune Bacchus & le Faune.

UN jour le jeune Bacchus,
que Silene inſtruiſoit, cherchoit les Muſes dans un boccage
dont le ſilence n'étoit troublé que
par le bruit des fontaines & par le
chant des oiſeaux. Le Soleil n'en
pouvoit avec ſes rayons percer la
ſombre verdure. L'enfant de Se-
melé pour étudier la langue des
Dieux, s'aſſit dans un coin au
pied d'un vieux chêne, du tronc
duquel pluſieurs hommes de l'âge
d'or étoient nez. Il avoit même
autrefois rendu des Oracles, &
le Temps n'avoit oſé l'abattre de
ſa tranchante faux. Auprès de
ce chêne ſacré & antique, ſe ca-
choit un jeune Faune, qui prê-

toit l'oreille aux vers que chantoit l'enfant, & qui marquoit à Silene par un ris mocqueur toutes les fautes que faisoit son Disciple. Aussitôt les Nayades & les autres Nymphes du bois soûrioient aussi. Le Critique étoit jeune, gracieux & folâtre ; sa tête étoit couronnée de lierre & de pampre. Ses temples étoient ornez de grapes de raisin. De son épaule gauche pendoit sur son côté droit en écharpe un feston de lierre, & le jeune Bacchus se plaisoit à voir ces feüilles consacrées à sa Divinité. Le Faune étoit envelopé au dessous de la ceinture par la dépoüille affreuse & hérissée d'une jeune Lyonne qu'il avoit tuée dans les forêts. Il tenoit dans sa main une houlette courbée & noüeuse. Sa queuë paroissoit derriere comme se joüant sur son dos : mais comme Bacchus ne

pouvoit souffrir un rieur malin ,
toujours prêt à se mocquer de ses
expreſſions , ſi elles n'étoient pures & élegantes , il lui dit d'un
ton fier & impatient : Comment
oſes-tu te mocquer du fils-de Jupiter ? Le Faune répondit ſans
s'émouvoir : Hé, comment le fils
de Jupiter oſe-t-il faire quelque
faute ?

XII. FABLE.

LE ROSSIGNOL
ET
LA FAUVETTE.

SUR les bords toujours verds du fleuve Alphée, il y a un bocage sacré, où trois Nayades répandent à grand bruit leurs eaux claires, & arrosent les fleurs naissantes. Les Graces y vont souvent se baigner : les arbres de ce boccage ne sont jamais agitez par les vents qui les respectent ; ils sont seulement caressez par le souffle des doux Zéphirs. Les Nymphes & les Faunes y font la nuit des danses au son de la flûte

de Pan. Le Soleil ne fçauroit percer de fes rayons l'ombre épaiffe
que forment les rameaux entre-
laffez de ce boccage. Le filence,
l'obfcurité , & la délicieufe fraîcheur y regnent le jour comme la
nuit. Sous ce feüillage on entend
Philomele qui chante d'une voix
plaintive & mélodieufe fes anciens malheurs, dont elle n'eft
pas encore confolée. Une jeune
Fauvette au contraire y chante
fes plaifirs , & elle annonce le
Printems à tous les Bergers d'a-
lentour. Philomele même eft jaloufe des chanfons tendres de fa
Compagne. Un jour elles apperçûrent un jeune Berger , qu'elles
n'avoient point encore vû dans
ces bois; il leur parut gracieux,
noble , aimant les Mufes & l'har-
monie : elles crûrent que c'étoit
Apollon , tel qu'il fut autrefois
chez le Roi Admete, ou du moins

quelque jeune Heros du sang de
ce Dieu. Les doux oiseaux inf-
pirez par les Mufes commencérent auffitôt à chanter ainfi :

*Quel eft donc ce Berger , ou ce
Dieu inconnu qui vient ormer notre
boccage ? il eft fenfible à nos Chanfons ; il aime la Poëfie , elle adou-
cira fon cœur, & le rendra auffi aimable qu'il eft fier.*

Alors Philomele continua feule:

*Que ce jeune Heros croiffe en ver-
tu , comme une fleur que le Printems fait éclorre ; qu'il aime les
doux jeux de l'efprit ; que les Gra-
tes foient fur fes lévres ; que la fageffe de Minerve regne dans fon
cœur.*

La Fauvette lui répondit :

*Qu'il égale Orphée par les char-
mes de fa voix , & Hercule par*

*ses hauts faits. Qu'il porte dans
son cœur l'audace d'Achille, sans
en avoir la férocité; qu'il soit bon,
qu'il soit sage, bienfaisant, tendre
pour les hommes, & aimé d'eux;
que les Muses fassent naître en lui
toutes les vertus.*

Puis les deux Oiseaux inspirez
reprirent ensemble :

*Il aime nos douces Chansons;
elles entrent dans son cœur, comme
la rosée tombe sur nos gazons brûlez
par le Soleil; que les Dieux le mo-
dérent, & le rendent toujours for-
tuné; qu'il tienne en sa main la
Corne d'abondance; que l'âge d'or
revienne par lui; que la sagesse se
répande de son cœur sur tous les mortels, & que les fleurs naissent sous
ses pas.*

Pendant qu'elles chantoient,
les Zéphirs retinrent leurs halei-

nes. Toutes les fleurs du boccage s'épanoüirent ; les ruiſſeaux for-mez par les trois Fontaines ſuſ-pendirent leurs cours. Les Saty-res & les Faunes, pour mieux écouter, dreſſoient leurs oreilles aiguës. Echo rediſoit ces belles paroles à tous les rochers d'alen-tour ; & toutes les Dryades ſorti-rent du ſein des arbres verds, pour admirer celui que Philomele & ſa Compagne venoient de chan-ter.

XIII. FA-

✿✳✿✳✿✳✿✳✿✳✿✳✿ ✳✿✳✿✳✿✳✿✳✿✳

*XIII. FABLE.

Le Fantafque. ·

QU'eſt-il donc arrivé de fu-
neſte à Melanthe ? Rien au
dehors, tout au dedans. Ses affaires vont à ſouhait. Tout le
monde cherche à lui plaire.
Quoi donc ? C'eſt que ſa rate
fume. Il ſe coucha hier les
délices du genre humain. Ce
matin on eſt honteux pour lui,
il faut le cacher : en ſe levant,
le pli d'un chauſſon lui a déplu;
toute la journée ſera orageuſe,
& tout le monde en ſouffrira.
Il fait peur, il fait pitié : il pleure
comme un enfant, il rugit com-
me un lion. Une vapeur maligne
& farouche trouble & noircit
ſon imagination, comme l'ancre

Tome II.   *N

de son écritoire barbouille ses doits. N'allez pas lui parler des choses qu'il aimoit le mieux il n'y a qu'un moment. Par la raison qu'il les a aimées, il ne les sauroit plus souffrir. Les parties de divertissement qu'il a tant désirées lui deviennent ennuieuses, il faut les rompre. Il cherche à contredire, à se plaindre, à piquer les autres. Il s'irrite de voir qu'ils ne veulent point se fâcher. Souvent il porte ses coups en l'air, comme un taureau furieux qui de ses cornes aiguisées va se battre contre les vents. Quand il manque de prétexte pour attaquer les autres, il se tourne contre lui-même. Il se blâme, il ne se trouve bon à rien, il se décourage, il trouve fort mauvais qu'on veuille le consoler. Il veut être seul, & ne peut supporter la solitude. Il revient à la compagnie & s'aigrit contre elle. On se tait : ce silence affecté le choque. On parle tout bas ; il s'imagine que c'est contre lui. On parle tout haut; il trouve qu'on parle trop, & qu'on est trop gay pendant qu'il est triste. On est triste; cette tristesse lui paroît un reproche de ses fautes. On rit, il soupçonne qu'on se moque de lui. Que faire ? Estre aussi ferme & aussi patient qu'il est insupportable, & attendre en paix qu'il vienne demain aussi sage qu'il étoit hier. Cette humeur étrange s'en va comme elle vient. Quand elle le prend, on diroit que c'est un ressort de machine qui se démonte tout à coup. Il est comme on dépeint les possédez ; sa raison est comme à l'envers, c'est la déraison elle-même en personne. Poussez-le ; vous

lui ferez dire en plein jour qu'il
eſt nuit ; car il n'y a plus ni jour
ni nuit pour une tête démontée
par ſon caprice. Quelquefois il
ne peut s'empêcher d'être étonné de ſes excès & de ſes fougues.
Malgré ſon chagrin il ſoûrit des
paroles extravagantes qui lui
ont échappé. Mais quel moyen
de prévoir ces orages , & de
conjurer la tempête ? il n'y en
a aucun ; point de bons alma-
nachs pour prédire ce mauvais
cas. Gardez-vous bien de dire :
Demain nous irons nous diver-
tir dans un tel jardin ; l'homme
d'aujourd'huy ne ſera point celui de demain ; celui qui vous
promet maintenant diſparoîtra
tantôt , vous ne ſçaurez plus où
le prendre pour le faire ſouvenir
de ſa parole : en ſa place vous
trouverez un je ne ſçai quoi qui
n'a ni forme ni nom , qui n'en

peut avoir, & que vous ne ſçauriez définir deux inſtans de ſuite
de la même maniere. Etudiez-le
bien, puis dites-en tout ce qu'il
vous plaira, il ne ſera plus vrai
le moment d'après que vous
l'aurez dit. Ce je ne ſçai quoi
veut & ne veut pas ; il menace,
il tremble ; il mêle des hauteurs
ridicules avec des baſſeſſes indi-
gnes. Il pleure, il rit, il badine,
il eſt furieux. Dans ſa fureur la
plus bizarre & la plus inſenſée il
eſt plaiſant, éloquent, ſubtil,
plein de tours nouveaux, quoiqu'il ne lui reſte pas ſeulement
une ombre de raiſon. Prenez
bien garde de ne lui rien dire
qui ne ſoit juſte, précis, & exa-
ctement raiſonnable ; il ſçauroit
bien en prendre avantage, &
vous donner adroitement le
change ; il paſſeroit d'abord de
ſon tort au vôtre, & deviendroit

raisonnable pour le seul plaisir
de vous convaincre que vous ne
l'êtes pas. C'est un rien qui l'a
fait monter jusqu'aux nues, mais
ce rien qu'est il devenu ? il s'est
perdu dans la mêlée ; il n'en est
plus question : il ne sçait plus ce
qui l'a fâché, il sçait seulement
qu'il se fâche & qu'il veut se
fâcher, encore même ne le sçait-
il pas toûjours. Il s'imagine souvent que tous ceux qui lui parlent sont emportez, & que c'est
lui qui se modere, comme un
homme qui a la jaunisse croit
que tous ceux qu'il voit sont
jaunes, quoique le jaune ne soit
que dans ses yeux. Mais peut-
être qu'il épargnera certaines
personnes ausquelles il doit plus
qu'aux autres, ou qu'il paroît
aimer davantage ? Non sa bi-
zarrerie ne connoît personne ;
elle se prend sans choix à tout
ce qu'elle trouve ; le premier

venu lui eſt bon pour ſe déchar-
ger ; tout lui eſt égal pourvû
qu'il ſe fâche, il diroit des injures à tout le monde. Il n'aime
plus les gens, il n'en eſt point
aimé ; on le perſécute, on le
trahit ; il ne doit rien à qui que
ce ſoit. Mais attendez un moment, voici une autre Scene.
Il a beſoin de tout le monde, il
aime, on l'aime auſſi, il flatte,
il s'inſinue, il enſorcelle tous
ceux qui ne pouvoient plus le
ſouffrir ; il avoue ſon tort, il rit
de ſes bizarreries, il ſe contrefait, & vous croiriez que c'eſt
lui-même dans ces accès d'emportement, tant il ſe contrefait
bien. Après cette Comedie jouée
à ſes propres dépens vous croyez
bien qu'au moins il ne fera plus
le démoniaque. Helas ! vous
vous trompez, il le fera encore
ce ſoir, pour s'en moquer demain ſans ſe corriger.

✳❀✳❀✳❀✳❀✳❀✳❀✳❀✳❀✳❀✳❀✳❀

XIV. FABLE.

La Medaille.

JE crois, Monſieur, que je ne
dois point perdre de temps
pour vous informer d'une choſe
très - curieuſe, & ſur laquelle
vous ne manquerez pas de faire
bien des réflexions. Nous avons
en ce Pays un Sçavant nommé
M. Wanden, qui a de grandes
correſpondances avec les Anti-
quaires d'Italie : il prétend avoir
reçû par eux une Medaille antique que je n'ai pû voir juſqu'-
ici, mais dont il a fait frapper
des copies qui ſont très-bien
faires, & qui ſe répandront bientôt, ſelon les apparences, dans
tous les Pays où il y a des curieux. J'eſpere que dans peu de

jours je vous en envoyerai une.
En attendant je vais vous en faire
la plus exacte description que
je pourrai. D'un côté cette Medaille qui est fort grande représente un enfant d'une figure
très-belle & trés-noble ; on voit
Pallas qui le couvre de son E-
gide ; en même temps les trois
Graces sement son chemin de
fleurs ; Apollon suivi des Muses
lui offre sa lyre ; Venus paroît
en l'air dans son char attelé de
colombes, qui laisse tomber sur
lui sa ceinture ; la Victoire lui
montre d'une main un char de
triomphe, & de l'autre lui pre-
sente une Couronne: les paroles
sont prises d'Horace : *Non sine*
dis animosus infans. Le revers est
bien different : Il est manifeste
que c'est le même enfant, car
on reconnoît d'abord le même
air de tête ; mais il n'a au-

tour de lui que des masques gro-
tesques & hideux , des reptiles
venimeux , comme des viperes
& des serpens , des insectes, des
hibous ; enfin des harpies sales
qui répandent de tous côtez de
l'ordure , & qui déchirent tout
avec leurs ongles crochus. Il y
a une troupe de satyres impu-
dents & moqueurs, qui font les
postures les plus bizarres, qui
rient, & qui montrent du doigt
la queue d'un poisson monf-
trueux par où finit le corps de
ce bel enfant. Au bas on lit ces
paroles, qui, comme vous sçavez, sont aussi d'Horace : *Tur-*
piter atrum desinit in piscem. Les
Sçavans se donnent beaucoup de
peine pour découvrir en quelle
occasion cette Medaille a pû
être frappée dans l'antiquité.
Quelques uns soûtiennent qu'elle représente Caligula, qui étant

fils de Germanicus, avoit donné dans son enfance de hautes esperances pour le bonheur de l'Empire, mais qui dans la suite devint un monstre. D'autres veulent que tout ceci ait été fait pour Neron dont les commencemens furent si heureux, & la fin si horrible. Les uns & les autres conviennent qu'il s'agit d'un jeune Prince éblouissant, qui promettoit beaucoup, & dont toutes les esperances ont été trompeuses. Mais il y en a d'autres plus défians, qui ne croyent point que cette Medaille soit antique. Le mystere que fait M. Wanden pour cacher l'original, donne de grands soupçons. On s'imagine voir quelque chose de notre temps, figuré dans cette Medaille; peutêtre signifie-t-elle de grandes esperances qui se tourneront en de

grands malheurs ; il semble qu'on affecte de faire entrevoir malignement quelque jeune Prince dont on tâche de rabaisser toutes les bonnes qualitez par des défauts qu'on lui impute. D'ailleurs M. Wanden n'est pas seulement curieux, il est encore politique, fort attaché au Prince d'Orange, & on soupçonne que c'est d'intelligence avec lui qu'il veut répandre cette Medaille dans toutes les Cours de l'Europe. Vous jugerez bien mieux que moi, Monsieur, ce qu'il en faut croire. Il me suffit de vous avoir fait part de cette nouvelle, qui fait raisonner ici avec beaucoup de chaleur tous nos gens de lettres, & de vous assurer que je suis toûjours votre très-humble & très-obéissant serviteur,

BAYLE.

D'Amsterdam le 4. May 1691.

XIII. FA-

❋❋❋❋❋❋❋❋❋❋❋❋❋❋❋❋❋❋❋

XIII. FABLE.

Fable du Dragon & des Renards.

UN Dragon gardoit un tre-
sor dans une profonde ca-
verne ; il veilloit jour & nuit
pour le conserver. Deux Renards, grands fourbes & grands
voleurs de leur métier, s'insinué-
rent auprès de lui par leurs flateries. Ils devinrent ses confidents.
Les gens les plus complaisans &
les plus empressez ne sont pas les
plus sûrs. Ils le traitoient de
grand personnage, admiroient
toutes ses fantaisies, étoient toujours de son avis, & se moquoient
entre eux de leur duppe. Enfin il
s'endormit un jour entre eux ; ils
l'étranglérent, & s'emparérent
du tresor. Il fallut le partager

entre eux ; c'étoit une affaire bien difficile ; car deux fcélerats ne s'accordent que pour faire le mal. L'un d'eux fe mit à moralifer : A quoi, difoit-il, nous fervira tout cet argent ; un peu de chaffe nous vaudroit mieux : on ne mange point du métail ; les piftoles font de mauvaife digeftion. Les hommes font des foux d'aimer tant ces fauffes richeffes. Ne foyons pas auffi infenfez qu'eux. L'autre fit femblant d'être touché de ces reflexions , & affura qu'il vouloit vivre en Philofophe comme Bias , portant tout fon bien fur lui. Chacun fit femblant de quitter le trefor : mais ils fe dreffèrent des embûches , & s'entredéchirérent. L'un d'eux en mourant dit à l'autre , qui étoit auffi bleffé que lui: Que voulois-tu faire de cet argent ? La même chofe que tu voulois en faire, ré-

pondit l'autre. Un homme paſ-
ſant apprit leur avanture, & les
trouva bien fous. Vous ne l'êtes
pas moins que nous, lui dit un des
Renards. Vous ne ſçauriez non-
plus que nous, vous nourrir d'argent, & vous vous tuez pour en
avoir. Du moins notre race juſqu'ici a été aſſez ſage pour ne
mettre en uſage aucune monoye.
Ce que vous avez introduit chez
vous pour la commodité, fait votre malheur. Vous perdez les
vrais biens, pour chercher les
biens imaginaires.

◆◇◆◇◆◇◆◇◆◇◆◇◆◇◆◇◆◇◆◇◆◇◆◇◆

XIV. FABLE.

Les deux Renards.

DEUX Renards entrérent la nuit par surprise dans un poulailler ; ils étranglérent le coq, les poules & les poulets : après ce carnage, ils appaisérent leur faim. L'un qui étoit jeune & ardent vouloit tout dévorer ; l'autre qui étoit vieux & avare vouloit garder quelque provision pour l'avenir. Le vieux disoit : Mon enfant, l'expérience m'a rendu sage. J'ai vû bien des choses depuis que je suis au monde. Ne mangeons pas tout notre bien en un seul jour : nous avons fait fortune ; c'est un tresor que nous avons trouvé, il faut le ménager. Le jeune répondit : Je veux tout

manger pendant que j'y fuis, &
me raffafier pour huit jours ; car
pour ce qui eft de revenir ici,
chanfons, il n'y fera pas bon demain : le Maître, pour venger la
mort de fes poules, nous affom-
meroit. Après cette converfation,
chacun prend fon parti. Le jeune
mange tant qu'il fe créve, & peut
à peine aller mourir dans fon terrier. Le vieux qui fe croit bien
plus fage de modérer fes appetits,
& de vivre d'œconomie, vâ le lendemain retourner à fa proye , &
eft affommé par le maître. Ainfi
chaque âge a fes défauts; les jeunes gens font fougueux & infa-
tiables dans leurs plaifirs. Les
vieux font incorrigibles dans leur
avarice.

✳✳✳✳✳✳✳✳✳✳✳✳✳ ✳✳✳✳✳✳✳✳✳✳✳✳✳

XV. FABLE.

Le Loup & le jeune Mouton.

DEs Moutons étoient en sûreté dans leur parc ; les
chiens dormoient ; & le Berger
à l'ombre d'un grand ormeau
joüoit de la flûte avec d'autres
Bergers voisins. Un Loup af-
famé vint par les fentes de
l'enceinte reconnoître l'état du
troupeau. Un jeune Mouton
sans expérience , & qui n'avoit
jamais rien vû , entra en conversation avec lui. Que venez-vous
chercher ici , dit-il au glouton ?
L'herbe tendre & fleurie , lui répondit le Loup. Vous sçavez
que rien n'est plus doux que de
paître dans une verte prairie é-
maillée de fleurs , pour appaiser

sa faim, & d'aller éteindre sa soif
dans un clair ruisseau ; j'ai trouvé ici l'un & l'autre. Que faut-il
davantage ? J'aime la Philosophie
qui enseigne à se contenter de
peu. Il est donc vrai, repartit le
jeune Mouton, que vous ne man-
gez point la chair des animaux,
& qu'un peu d'herbe vous suffit ?
Si cela est, vivons comme Freres,
& paissons ensemble. Aussitôt le
Mouton sort du parc dans la prairie, où le sobre Philosophe le mit
en pieces & l'avala. Défiez-vous
des belles paroles des gens qui se
vantent d'être vertueux. Jugez
par leurs actions, & non par leurs
discours.

N 4

✠✠✠✠✠✠✠✠✠✠✠✠✠✠✠✠✠✠✠✠✠✠✠✠✠✠✠✠✠✠

XVI. FABLE.

Le Chat & les Lapins.

UN Chat qui faisoit le modeste étoit entré dans une
garenne peuplée de Lapins. Auffitôt toute la République allarmée
ne songea qu'à s'enfoncer dans
ses trous. Comme le nouveau venu étoit au guet auprès d'un terrier, les Députez de la Nation
Lapine qui avoient vû ses terribles griffes, comparurent dans
l'endroit le plus étroit de l'entrée
du terrier, pour lui demander ce
qu'il prétendoit. Il protesta d'une
voix douce, qu'il vouloit seulement étudier les mœurs de la Nation. Qu'en qualité de Philosophe, il alloit dans tous les pays
pour s'informer des coûtumes de

chaque espece d'animaux. Les
Députez simples & credules re-
tournérent dire à leurs freres, que
cet étranger si vénerable par son
maintien modeste, & par sa majestueuse fourrure, étoit un Philosophe, sobre, désinteressé, pa-
cifique ; qui vouloit seulement
rechercher la sagesse de pays en
pays ; qu'il venoit de beaucoup
d'autres lieux, où il avoit vû de
grandes merveilles ; qu'il y auroit bien du plaisir à l'entendre ,
& qu'il n'avoit garde de croquer
les Lapins, puisqu'il croyoit en
bon Bramin la Metempsicose, &
ne mangeoit d'aucun aliment qui
eût eu vie. Ce beau discours tou-
cha l'assemblée. En vain un vieux
Lapin rusé, qui étoit le Docteur
de la troupe, représenta combien
ce grave Philosophe lui étoit suspect : malgré lui on va saluer le
Bramin, qui étrangla du premier

salut sept ou huit de ces pauvres
gens. Les autres regagnent leurs
trous, bien effrayez & bien honteux de leur faute. Alors Dom
Mittis revint à l'entrée du terrier, protestant d'un ton plein de
cordialité, qu'il n'avoit fait ce
meurtre que malgré lui, pour son
pressant besoin ; que desormais il
vivroit d'autres animaux, & feroit
avec eux une alliance éternelle.
Aussitôt les Lapins entrérent en
négociation avec lui, sans se mettre neanmoins à la portée de ses
griffes. La négociation dure, on
l'amuse. Cependant un Lapin des
plus agiles sort par les derrieres
du terrier, & va avertir un Berger voisin, qui aimoit à prendre
dans un lac de ces Lapins nourris de geniévre. Le Berger irrité
contre ce Chat exterminateur
d'un peuple si utile, accourt au
terrier, avec un arc & des fléches;

il apperçoit le Chat qui n'étoit
attentif qu'à sa proye ; il le perce
d'une de ses fléches ; & le Chat
expirant dit ces dernieres paroles : Quand on a une fois trompé , on ne peut plus être crû de
personne ; on est haï , craint , &
on est enfin attrapé par ses propres finesses.

N 6,

�

XVII. FABLE.

Les deux Souris.

UNE Souris ennuyée de vi-
vre dans les périls, & dans
les allarmes, à cauſe de Mittis
& de Rodilardus, qui faiſoient
grand carnage de la Nation Sou-
riquoiſe, appella ſa Commere,
qui étoit dans un trou de ſon voi-
ſinage. Il m'eſt venu, lui dit-elle,
une bonne penſée. J'ai lû dans
certains livres, que je rongeois
ces jours paſſez, qu'il y a un beau
pays nommé les Indes, où notre
peuple eſt mieux traité & plus en
ſûreté qu'ici. En ce pays-là les
Sages croyent que l'ame d'une
Souris a été autrefois l'ame d'un
grand Capitaine, d'un Roi, d'un
merveilleux Fakire, & qu'elle

pourra après la mort de la Souris, entrer dans le corps de quelque belle Dame, ou de quelque
grand Pendiar. Si je m'en fou-
viens bien, cela s'appelle Me-
tempfycofe. Dans cette opinion,
ils traitent tous les animaux avec
une charité fraternelle : on voit
des Hôpitaux de Souris, qu'on
met en penfion, & qu'on nourrit
comme perfonnes importantes.
Allons, ma Sœur, partons pour
un fi beau pays, où la police eft fi
bonne, & où l'on fait juftice à
notre mérite. La Commere lui
répondit : Mais, ma Sœur, n'y a-
t-il pas des Chats qui entrent
dans ces Hôpitaux ? Si cela étoit,
il feroient en peu de tems bien
des Metempfycofes : un coup de
dent ou de griffe feroit un Roi,
ou un Fakire ; merveille dont
nous nous pafferions très bien.
Ne craignez point cela, dit la pro-

miere ; l'ordre eſt parfait dans ce
pays-là : les Chats ont leurs mai-
ſons , comme nous les nôtres , &
ils ont auſſi leurs Hôpitaux d'in-
valides , qui ſont à part. Sur cette
converſation nos deux Souris
partent enſemble ; elles s'embar-
quent dans un vaiſſeau, qui alloit
faire un voyage de long cours, en
ſe coulant le long des cordages le
ſoir de la veille de l'embarque-
ment : on part ; elles ſont ravies
de ſe voir ſur la mer , loin des
terres maudites , où les Chats
exerçoient leur tyrannie. La navigation fut heureuſe ; ils arrivérent à Surate , non pour amaſſer
des richeſſes , comme les Mar-
chands , mais pour ſe faire bien
traiter par les Indois. A peine
furent-elles entrées dans une maiſon deſtinée aux Souris, qu'elles
y prétendoient les premieres places. L'une prétendoit ſe ſouvenir

d'avoir été autrefois un fameux Bramenis fur la côte de Malabar; l'autre proteſtoit qu'elle avoit été une belle Dame du même pays avec de longues oreilles. Elles firent tant les inſolentes, que les Souris Indiennes ne pûrent les ſouffrir. Voilà une guerre civile. On donna ſans quartier ſur ces deux Franguis, qui vouloient faire la loi aux autres. Au lieu d'être mangées par les Chats, elles furent étranglées par leurs propres Sœurs. On a beau aller loin pour éviter le péril ; ſi on n'eſt modeſte & ſenſé, on va chercher ſon malheur bien loin : autant vaudroit-il le trouver chez ſoi.

XVIII. FABLE.

L'Assemblée des Animaux, pour choisir un Roi.

LE Lion étant mort, tous les Animaux accoururent dans son antre, pour consoler la Lione sa veuve, qui faisoit retentir de ses cris les montagnes & les forêts. Après lui avoir fait leurs complimens, ils commencérent l'élection d'un Roi : la Couronne du défunt étoit au milieu de l'assemblée. Le Lionceau étoit trop jeune & trop foible pour obtenir la Royauté sur tant de fiers animaux. Laissez-moi croître, disoit-il, je sçaurai bien regner & me faire craindre à mon tour. En attendant je veux étudier l'histoire des belles actions de mon pere, pour égaler un jour sa gloire. Pour moi, dit le Leopard, je prétends être couronné ; car je ressemble plus au Lion, que tous les autres prétendants : & moi, dit l'Ours, je soûtiens qu'on m'avoit fait une injustice, quand on me préféra le Lion ; je suis fort, courageux, carnacier, tout autant que lui ; & j'ai un avantage singulier, qui est de grimper sur les arbres. Je vous laisse à juger, Messieurs, dit l'Elephant, si quelqu'un peut me disputer la gloire d'être le plus grand, le plus fort, & le plus grave de tous les animaux. Je suis le plus noble & le plus beau, dit le cheval. Et moi le plus fin, dit le Renard ; & moi le plus leger à la course, dit le Cerf. Où trouverez-vous, dit le Singe, un Roi plus agreable &

plus ingénieux que moi ? Je divertirai chaque jour mes Sujets. Je ressemble même à l'homme , qui est le veritable Roi de toute la nature. Le Perroquet alors harangua ainsi : Puisque tu te vantes de ressembler à l'homme , je puis m'en vanter aussi. Tu ne lui ressemble que par ton laid visage, & par quelques grimaces ridicules. Pour moi je lui ressemble par la voix , qui est la marque de la raison , & le plus bel ornement de l'homme. Tais-toi, maudit Causeur, lui répondit le Singe : tu parles , mais non pas comme l'homme ; tu dis toujours la même chose , sans entendre ce que tu dis. L'Assemblée se moqua de ces deux mauvais Copistes de l'homme ; & on donna la Couronne à l'Elephant , parce qu'il a la force & la sagesse, sans avoir ni la cruauté des bêtes furieuses , ni la sotte vanité de tant d'autres , qui veulent toujours paroître ce qu'elles ne sont pas.

✶✶✶✶✶✶✶✶✶✶✶✶✶✶✶✶✶✶✶✶✶✶✶✶

XIX. FABLE.

Le Singe.

UN vieux Singe malin étant
mort , son ombre descendit
dans la sombre demeure de Pluton , où elle demanda à retourner parmi les vivans. Pluton vouloit la renvoyer dans le corps d'un
âne pesant & stupide , pour lui
ôter sa souplesse, sa vivacité & sa
malice. Mais elle fit tant de tours
plaisans & badins, que l'inflexi-
ble Roi des Enfers ne put s'empêcher de rire , & lui laissa le
choix d'une condition : elle demanda à entrer dans le corps
d'un Perroquet. Au moins , disoit-elle , je conserverai par là
quelque ressemblance avec les
hommes que j'ai si longtems imi-

té. Etant Singe , je faifois des geftes comme eux ; & étant Perroquet, je parlerai avec eux dans les plus agréables converfations. A peine l'ame du Singe fut introduite dans ce nouveau métier, qu'une vieille femme caufeufe l'accepta. Il fit fes délices ; elle le mit dans une belle cage. Il faifoit bonne chere , & difcouroit toute la journée avec la vieille radoteufe, qui ne parloit pas plus fenfément que lui. Il joint à fon nouveau talent d'étourdir tout le monde, je ne fçai quoi de fon ancienne profeffion. Il remüoit fa tête ridiculement. Il faifoit craquer fon bec ; il agitoit fes aîles de cent façons, & faifoit de fes pattes plufieurs tours , qui fentoient encore les grimaces de Fagotin. La vieille prenoit à toute heure fés lunettes pour l'admirer. Elle étoit bien fâchée d'être un

peu fourde , & perdre quelquefois des paroles de fon Perroquet,
à qui elle trouvoit plus d'efprit
qu'à perfonne. Ce Perroquet gâté devint bavard , importun, &
fou. Il fe tourmenta fi fort dans
fa cage, & but tant de vin avec
la vieille , qu'il en mourut. Le
voilà revenu devant Pluton, qui
voulut cette fois le faire pafler
dans le corps d'un poiffon pour le
rendre muet: mais il fit encore une
farce devant le Roi des Ombres ;
& les Princes ne réfiftent guéres
aux demandes des mauvais plai-
fans qui les flatent. Pluton accor-
da donc à celui-ci, qu'il iroit dans
le corps d'un homme : mais comme lè Dieu eut honte de l'envoyer
dans le corps d'un homme fage &
vertueux , il le deftina au corps
d'un harangueur ennuyeux & importun, qui mentoit , qui fe van-
toit fans ceffe,qui faifoit des gef-

tes ridicules, qui se moquoit de
tout le monde, qui interrompoit
toutes les conversations les plus
polies & les plus solides pour dire
rien, ou les sottises les plus grossieres. Mercure qui le reconnut
dans ce nouvel état, lui dit en
riant: Ho, ho, je te reconnois,
tu n'es qu'un composé du Singe
& du Perroquet, que j'ai vû autrefois. Qui t'ôteroit tes gestes &
tes paroles apprises par cœur sans
jugement, ne laisseroit rien de
toi. D'un joli Singe, & d'un bon
Perroquet, on n'en fait qu'un sot
homme. O! combien d'hommes
dans le monde avec des gestes fa-
çonnées, un petit caquet, & un
air capable, n'ont ni sens ni conduite.

✽✽✽✽✽✽✽✽✽✽✽✽✽✽✽✽✽✽✽✽✽✽✽✽

XX. FABLE.

Les deux Lionceaux.

DEUX Lionceaux avoient
été nourris ensemble dans la
même forêt : ils étoient de même
âge, de même taille, de mêmes
forces. L'un fut pris dans de
grands filets à une chasse du
Grand Mogol : l'autre demeura
dans des montagnes escarpées.
Celui qu'on avoit pris fut mené
à la Cour, où il vivoit dans les
délices : on lui donnoit chaque
jour une gaselle à manger; il n'a-
voit qu'à dormir dans une loge,
où on avoit soin de le faire cou-
cher mollement. Un Eunuque
blanc avoit soin de peigner deux
fois le jour sa longue criniere do-
rée. Comme il étoit apprivoisé,
le

le Roi même le careſſoit ſouvent;
il étoit gras, poli, de bonne mine, & magnifique; car il portoit un colier d'or, & on lui met-
toit aux oreilles des pendans gar-
nis de perles & de diamants : il
mépriſoit tous les autres Lions
qui étoient dans les loges voiſi-
nes, moins belles que la ſienne,
& qui n'étoient pas en faveur
comme lui. Ces proſperitez lui
enflérent le cœur; il crut être
un grand perſonnage, puiſqu'on
le traitoit ſi honorablement. La
Cour où il brilloit, lui donna le
goût de l'ambition; il s'imaginoit
qu'il auroit été un Heros, s'il eût
habité les forêts. Un jour comme on ne l'attachoit plus à ſa
chaîne, il s'enfuit du Palais, &
retourna dans le pays où il avoit
été nourri. Alors le Roi de toute
la nation Lionne venoit de mourir, & on avoit aſſemblé les Etats

pour lui choisir un successeur.
Parmi beaucoup de prétendants,
il y en avoit un qui effaçoit tous
les autres par sa fierté & par son
audace ; c'étoit cet autre Lionceau, qui n'avoit point quitté les
deserts. Pendant que son Com-
pagnon avoit fait fortune à la
Cour, le Solitaire avoit souvent
aiguisé son courage par une cruelle faim : il étoit accoutumé à ne
se nourrir qu'au travers des plus
grands périls & par des carnages.
Il déchiroit & troupeaux & Bergers ; il étoit maigre, hérissé, hideux : le feu & le sang sortoient
de ces yeux ; il étoit leger, ner-
veux, accoutumé à grimper & à
s'élancer, intrépide contre les
épieux & les dards. Les deux anciens Compagnons demandérent
le combat, pour décider qui re-
gneroit : mais une vieille Lionne
sage & experimentée, dont toute

la République respectoit les conseils, fut d'avis de mettre d'abord
sur le trône celui qui avoit étudié
la politique à la Cour. Bien des
gens murmuroient, disant qu'elle vouloit qu'on préferât un personnage vain & voluptueux, à un
guerrier qui avoit appris dans la
fatigue & dans les périls, à sou-
tenir les grandes affaires. Cependant l'autorité de la vieille Lionne prévalut : on mit sur le trône
le Lion de Cour. D'abord il s'a-
mollit dans les plaisirs ; il n'aima
que le faste ; il usoit de souplesse
& de ruse pour cacher sa cruauté & sa tyrannie. Bientôt il fut
haï, méprisé, détesté. Alors la
vieille Lionne dit : Il est tems de
le détrôner. Je sçavois bien qu'il
étoit indigne d'être Roi : mais je
voulois que vous en eussiez un
gâté par la mollesse & par la politique, pour vous mieux faire

sentir ensuite le prix d'un autre, qui a mérité la Royauté par sa patience & par sa valeur. C'est maintenant qu'il faut les faire combattre l'un contre l'autre. Aussitôt on les mit dans un champ clos, où les deux Champions servirent de spectacle à l'assemblée: mais le spectacle ne fut pas long. Le Lion amolli trembloit, & n'osoit se présenter à l'autre : il fuit honteusement & se cache ; l'autre le poursuit, & lui insulte. Tous s'écriérent : Il faut l'égorger, & le mettre en pieces. Non, non, répondit-il, quand on a un ennemi si lâche, il y auroit de la lâcheté à le craindre. Je veux qu'il vive ; il ne mérite pas de mourir. Je sçaurai bien regner, sans m'embarasser de le tenir soûmis. En effet, le vigoureux Lion regna avec sagesse & autorité. L'autre fut tres-content de lui

faire baſſement ſa cour, d'obtenir de lui quelques morceaux de
chair, & de paſſer ſa vie dans
une oiſiveté honteuſe.

✳✳✳ ✳✳✳✳✳✳✳✳✳✳✳✳✳✳✳✳✳✳✳✳✳

XXI. FABLE.

Les Abeilles.

UN jeune Prince au retour
des Zéphirs, lorſque toute
la nature ſe ranime, ſe promenoit
dans un jardin délicieux ; il en-
tendit un grand bruit, & apperçut une ruche d'Abeilles. Il s'ap-
proche de ce ſpectacle, qui étoit
nouveau pour lui ; il vit avec éton-
nement l'ordre, le ſoin, & le travail de cette petite République.
Les cellules commençoient à ſe
former, & à prendre une figure
reguliere. Une partie des Abeilles les rempliſſoient de leur doux
nectar : les autres apportoient des
fleurs qu'elles avoient choiſies entre toutes les richeſſes du Printems. L'oiſiveté & la pareſſe étoit

banie de ce petit Etat : tout y étoit en mouvement , mais fans confufion & fans trouble. Les plus confiderables d'entre les Abeilles conduifoient les autres, qui obéïffoient fans murmure & fans jaloufie contre celles qui étoient au-deffus d'elles. Pendant que le jeune Prince admiroit cet objet, qu'il ne connoiffoit pas encore , une Abeille , que toutes les autres reconnoiffoient pour leur Reine, s'approcha de lui , & lui dit : La vûë de notre ouvrage & de notre conduite vous réjoüit ; mais elle doit encore plus vous inftruire. Nous ne fouffrons point parmi nous le defordre ni la licence : on n'eft confiderable parmi nous que par fon travail , & par les talens qui peuvent être utiles à notre République. Le mérite eft la feule voye qui éleve aux premieres places. Nous ne nous oc-

cupons nuit & jour qu'à des choses dont les hommes retirent toute l'utilité. Puiſſiez-vous être un
jour comme nous ; mettre dans le
genre humain l'ordre que vous
admirez chez nous.

XXII. FABLE.

L'Abeille & la Mouche.

UN jour une Abeille ap-
perçut une Mouche auprès
de ſa ruche. Que viens-tu faire
ici, lui dit-elle d'un ton furieux?
Vraiment c'eſt bien à toi, vil ani-
mal, à te mêler avec les Reines
de l'air. Tu as raiſon, répondit
froidement la Mouche : on a
toûjours tort de s'approcher d'u-
ne nation auſſi fougueuſe que la
vôtre. Rien n'eſt plus ſage que
nous, dit l'Abeille : nous ſeules
avons des Loix & une Republi-
que bien policée ; nous ne cueil-
lons que des fleurs odoriferantes ; nous ne faiſons que du miel
délicieux, qui égale le Nectar.
Ote-toi de ma préſence, vilaine
Mouche importune, qui ne fais

que bourdonner & chercher ta vie sur les ordures. Nous vivons comme nous pouvons, répondit la Mouche; la pauvreté n'est pas un vice : mais la colere en est un grand : vous faites du miel qui est doux, mais votre cœur est toûjours amer ; vous étes sages dans vos loix, mais emportées dans votre conduite. Votre colere qui pique vos ennemis, vous donne la mort, & votre folle cruauté vous fait plus de mal qu'à personne. Il vaut mieux avoir des qualitez moins éclatantes, avec plus de moderation.

XXIII. FABLE.

Les Abeilles & les Vers à soye.

UN jour les Abeilles monterent jusques dans l'O-lympe aux pieds du thrône de Jupiter, pour le prier d'avoir égard au soin qu'elles avoient pris de son enfance, quand elles le nourrirent de leur miel sur le mont Ida. Jupiter voulut leur accorder les premiers honneurs entre tous les petits animaux. Minerve qui préside aux arts, lui répréfenta qu'il y avoit une autre efpece, qui difputoit aux Abeilles la gloire des inventions utiles. Jupiter voulut en fçavoir le nom : ce font les Vers à foye, répondit-elle. Auffitôt le Pere

P 2

des Dieux ordonna à Mercure
de faire venir fur les aîles des
doux zéphyrs desDéputez de ce
petit peuple, afin qu'on pût entendre les raifons des deux partis. L'Abeille Ambaffadrice de
fa nation répréfenta la douceur
du miel qui eft le nectar des
hommes, fon utilité, l'artifice
avec lequel il eft compofé: puis
elle vanta la fageffe des loix qui
policent la République volante
des Abeilles. Nulle autre efpece d'animaux, difoit l'Orateur,
n'a cette gloire, & c'eft une ré-
compenfe d'avoir nourri dans
un antre le Pere des Dieux. De
plus nous avons en partage la
valeur guerriere quand notre
Roi anime nos troupes dans les
combats. Comment eft-ce que
ces Vers, infectes vils & mépri-
fables, oferoient nous difputer
le premier rang? Ils ne fçavent
que

que ramper pendant que nous prenons un noble essor, & que de nos aîles dorées nous montons jusques vers les astres. Le harangueur des Vers à soye répondit: Nous ne sommes que de petits vers, & nous n'avons ni ce grand courage pour la guerre, ni ces sages loix; mais chacun de nous montre les merveilles de la nature, & se consume dans un travail utile. Sans loix nous vivons en paix, & on ne voit jamais de guerres civiles chez nous, pendant que les Abeilles s'entretuent à chaque changement de Roi. Nous avons la vertu de Prothée pour changer de forme. Tantôt nous sommes de petits vers composez d'onze petits anneaux entrelassez avec la varieté des plus vives couleurs qu'on admire dans les fleurs d'un parterre.

Enfuite nous filons de quoi vê-
tir les hommes les plus magnifiques jufques fur le thrône, &
de quoi orner les temples des
Dieux. Cette parure fi belle &
fi durable vaut bien du miel,
qui fe corrompt bientôt. Enfin
nous nous transformons en feve, mais en feve qui fent, qui
fe meut, & qui montre toûjours
de la vie. Après ces prodiges,
nous devenons tout à coup des
papillons avec l'éclat des plus
riches couleurs. C'eft alors que
nous ne cedons plus aux Abeilles pour nous élever d'un vol
hardi jufques vers l'Olympe.
Jugez maintenant, ô Pere des
Dieux. Jupiter embarraffé pour
la décifion, déclara enfin que les
Abeilles tiendroient le premier
rang, à caufe des droits qu'elles
avoient acquis depuis les anciens

tems. Quel moyen, dit-il, de les
dégrader? je leur ai trop d'obligation; mais je crois que les hommes doivent encore plus aux
vers à foye.

❦❧❦❧❦❧❦❧❦❧❦❧❦❧❦❧❦❧

XXIV. FABLE.

Du Hibou.

UN jeune Hibou qui s'é-
toit vû dans une fontaine
& qui se trouvoit plus beau, je
ne dirai pas que le jour, car il
le trouvoit fort desagréable ,
mais que la nuit qui avoit de
grands charmes pour lui , disoit en lui même : J'ai sacrifié
aux Graces ; Venus a mis sur
moi sa ceinture dans ma naissance ; les tendres amours accom-
pagnez des jeux & des ris volti-
gent autour de moi pour me ca-
resser. Il est tems que le blond
hymenée me donne des enfans
gracieux comme moi ; ils seront l'ornement des boccages ,
& les délices de la nuit. Quel

dommage que la race des plus
parfaits oiseaux se perdit; heureuse l'épouse qui passera sa vie
à me voir; Dans cette pensée il
envoie la Corneille demander
de sa part une petite Aiglonne
fille de l'Aigle Roy des airs. La
Corneille avoit peine à se charger de cette ambassade: je serai
mal reçuë, disoit-elle, de pro-
poser un mariage si mal assor-
ti. Quoi l'Aigle qui ose regarder fixement le Soleil, se ma-
rieroit avec vous qui ne sçauriez
seulement ouvrir les yeux tandis
qu'il est jour: c'est le moyen
que les deux époux ne soient
jamais ensemble; l'un sortira le
jour & l'autre la nuit. Le Hibou vain & amoureux de lui-
même, n'écouta rien. La Corneille pour le contenter alla enfin demander l'Aiglonne. On se
moqua de sa folle demande.

Q 3

L'Aigle lui répondit : fi le Hibou veut être mon gendre , qu'il vienne après le lever du Soleil me faluer au milieu de l'air. Le Hiboux préfomptueux y voulut aller. Ses yeux furent d'abord éblouïs. Il fut aveuglé par les rayons du Soleil, & tomba du haut de l'air fur un rocher. Tous les oifeaux fe jetterent fur lui, & lui arracherent fes plumes. Il fut trop heureux de fe cacher dans fon trou , & d'époufer la Chouette qui fut une digne Dame du lieu. Leur hymen fut celebré la nuit, & ils fe trouverent l'un & l'autre trèsbeaux & tres-agréables. Il ne faut rien chercher au deffus de foi , ni fe flatter fur fes avantages.

XXV. FABLE.

Du Berger Cleobule & de la Nym-
phe Phidile.

UN Berger rêveur menoit
son troupeau sur les rives
fleuries du fleuve Acheloüs. Les
Faunes & les Satyres cachez
dans les bocages voisins dansoient sur l'herbe au doux son
de sa flutte. Les Nayades ca-
chées dans les ondes du fleuve
leverent leurs têtes audessus
des roseaux pour écouter ses
chansons. Acheloüs lui-même
appuyé sur son urne panchée
montra son front où il ne restoit
plus qu'une corne depuis son
combat avec le grand Hercules, & cette mélodie suspendit
pour un peu de tems les peines

de ce Dieu vaincu. Le Berger
étoit peu touché de voir ces Nayades qui l'admiroient : il ne
pensoit qu'à la Bergere Phidile,
simple, naïve, sans aucune parure, à qui la fortune ne donna jamais d'éclat emprunté, &
que les Graces seules avoient ornée & embellie de leurs propres
mains. Elle sortoit de son village ne songeant qu'à faire paître
ses moutons. Elle seule ignoroit
sa beauté. Toutes les autres
Bergeres en étoient jalouses.
Le Berger l'aimoit & n'osoit le
lui dire. Ce qu'il aimoit le plus
en elle, c'étoit cette vertu simple & severe qui écartoit les
amants, & qui fait le vrai charme de la beauté : mais la passion
ingenieuse fait trouver l'art de
répresenter ce qu'on n'oseroit
dire ouvertement. Il finit donc
toutes ses chansons les plus

agréables pour en commencer
une qui pût toucher le cœur de
cette Bergere. Il sçavoit qu'elle
aimoit la vertu des Heros qui
ont acquis de la gloire dans les
combats. Il chanta sous un nom
supposé ses propres avantures,
car en ce tems les Heros mêmes étoient Bergers & ne mé-
prisoient point la houlette. Il
chanta donc ainsi: Quand Polynice alla assiéger la ville de The-
bes pour renverser du thrône
son frere Etheocles, tous les
Rois de la Grece parurent sous
les armes, & poussoient leurs
chariots contre les assiégez.
Adraste beau pere de Polynice
abbattoit les troupes de soldats
& les Capitaines, comme un
moissonneur de sa faulx tranchante coupe les moissons. D'un
autre côté le devin Amphiaraüs
qui avoit prévû son malheur,

s'avançoit dans la mêlée , & fut
tout à coup englouti par la terre qui ouvrit fes abîmes pour le
précipiter dans les fombres rives du Styx. En tombant il déploroit fon infortune d'avoir eu
une femme infidelle. Affez près
de là on voyoit les deux freres
fils d'Oedipe qui s'attaquoient
avec fureur. Comme un Leopard & un Tygre qui s'entrede-
chirent dans les rochers du
Caucafe , ils fe rouloient tous
deux dans le fable , chacun pa-
roiffant alteré du fang de fon
frere. Pendant cet horrible fpe-
ctacle Cleobule qui avoit fuivi
Polynice , combatit contre un
vaillant Thebain que le Dieu
Mars rendoit prefque invinci-
ble. La fleche du Thebain conduite par le Dieu auroit percé
le cou de Cleobule qui fe détourna promptement : auffitôt

Cleobule lui enfonça son dard jusqu'au fond des entrailles. Le sang du Thebain ruisselle, ses yeux s'éteignent, sa bonne mine & sa fierté le quittent, la mort efface ses beaux traits; sa jeune épouse du haut d'une tour le vit mourant, & eut le cœur percé d'une douleur inconsolable. Dans son malheur je le trouve heureux d'avoir été aimé & plaint : je mourrois comme lui avec plaisir, pourvû que je pusse être aimé de même. A quoi servent la valeur & la gloire des plus fameux combats, à quoi servent la jeunesse & la beauté, quand on ne peut ni plaire ni toucher ce qu'on aime? La Bergere qui avoit prêté l'oreille à une si tendre chanson, comprit que ce Berger étoit Cleobule vainqueur du Thebain. Elle devint sensible à la gloire qu'il avoit acquise , aux graces qui brilloient en lui, & aux maux qu'il souffroit pour elle. Elle lui donna sa main & sa foi. Un heureux hymen les joignit : bientôt leur bonheur fut envié des Bergers d'alentour & des divinitez champêtres. Ils égalerent par leur union , par leur vie innocente , par leurs plaisirs rustiques jusques dans une extrême vieillesse , la douce destinée de Philemon & de Baucis.

XXVI. FABLE.

Chromis & Mnasyle.

CHROMIS.

CE bocage a une fraîcheur délicieuse : les arbres en font grands , le feuillage épais, les allées fombres : on n'y entend d'autre bruit que celui des Roffignols qui chantent leurs amours.

MNASILE.

Il y a ici des beautez encore plus touchantes.

CHROMIS.

Quoi donc! veux tu parler de ces ftatuës : je ne les trouve gueres jolies : en voilà une qui a l'air bien groffier.

MNASYLE.

Elle répréfente un Faune ;
mais n'en parlons pas, car tu
connois un de nos Bergers qui
en a déja dit tout ce que l'on
en peut dire.

CHROMIS.

Quoi donc ! eft-ce cet autre
qui eft panché au deffus de la
fontaine ?

MNASYLE.

Non, je n'en parle point : le
Berger Lycidas l'a chanté fur
fa flutte, & je n'ai garde d'en-
treprendre de louer après lui.

CHROMIS,

Quoi donc ! cette ftatuë qui
répréfente une jeune femme.

MNASYLE.

Ouy. Elle n'a point cet air ru-
ftique des deux autres : auffi eft-
ce une plus grande divinité.
C'eft Pomone, ou au moins
une Nymphe. Elle tient d'une

main une corne d'abondance pleine de tous les doux fruits de l'Automne ; de l'autre elle porte un vase d'où tombent en confusion des piéces de monnoye ; ainsi elle tient en même tems les fruits de la terre qui font les richesses de la simple nature , & les thresors auquel l'art des hommes donne un si haut prix.

CHROMIS.

Elle a la tête un peu panchée; pourquoi cela ?

MNASYLE.

Il est vrai, c'est que toutes figures faites pour être posées en des lieux élevez , & pour être vuës d'en bas, font mieux au point de vûe quand elles font un peu panchées vers les spectateurs.

CHROMIS.

Mais quelle est donc cette coeffure: elle est inconnue à nos Bergeres.

MNASYLE.

Elle eſt pourtant tres-negli-
gée, & elle n'en eſt pas moins
gracieuſe. Ce ſont des cheveux
bien partagez ſur le front, qui
pendent un peu ſur les coſtez
avec une friſure naturelle, &
qui ſe nouent par derriere.

CHROMIS.

Et cet habit: pourquoi tant
de plis?

MNASYLE.

C'eſt un habit qui a le même
air de negligence: il eſt attaché par une ceinture, afin que
la Nymphe puiſſe aller plus
commodement dans ces bois:
ces plis flottants font une drapperie plus agréable que des habits étroits & façonnez. La main
de l'ouvrier ſemble avoir amolli
le marbre pour faire des plis ſi
délicats: vous voyez même le
nud ſous cette drapperie; ainſi
vous

Vous trouvez tout enfemble la tendreffe de la chair , avec la varieté des plis de la drapperie.

CHROMIS.

Ho ho ! te voilà bien fçavant : mais puifque tu fçais tout , dis moi : Cette corne d'abondance eft ce celle du fleuve Acheloüs arrachée par Hercules, ou bien celle de la Chevre Amalthée nourrice de Jupiter fur le mont Ida ? MNASYLE.

Cette queftion eft encore à décider ; cependant je cours à mon troupeau. Bonjour.

Fin du fecond Tome.

ERRATA.

Page 5. *ligne* 19. *lifez* , tâchez de lui. *Page* 11. *lig.* 15. *lif.* avois-tu donné. Page 16. *l.* 7. *lif.* que de. Pag. 29. *l.* 22. *lif.* écouter un peu. Pag. 33. *l.* 18. *lif.* je foulevai. Pag. 52. *l. penult. & dern. lif.* je ne pus je croire ; je m'imaginai. Pag. 64. *l.* 10. *lif.* retraite de Bonivet. Pag. 78. *dans l'Argument, après* fracas , *ajoûtez* du monde. Pag. 91. *l.* 3. *lif.* fuées fans te. Pag. 91. *l.* 7. *lif.* vôtre fanté, la faifon. Pag. 111. *l.* 5. *lif.* de Verneüil. Pag. 137. *l. penult. lif.* je ne l'étois. Pag. 180. *l.* 2. *& p.* 183. *l.* 10. *lif.* d'Hybla. P. 207. *l.* 4. *lif.* Cyrene. Pag. 272. *l.* 7. *au lieu de* Lipithe, *lif.* Cynthe. P. 303. *l.* 2. *lif.* Bramen fur la. Pag. 309. *lig.* 8. *lifez* l'acheta.

CATALOGUE

Des Ouvrages Posthumes de Messire FRANÇOIS DE SALIGNAC DE LA MOTTE FENELON, *Precepteur de Messeigneurs les Enfans de France, & depuis Archev. Duc de Cambray, &c.*

LES Avantures de Telemaque fils d'Ulysse. Premiere Edition conforme au Manuscrit original de l'Auteur, avec des augmentations, très-considerables ; un beau Discours sur la Poësie. Enrichie de ving-huit figures en taille-douce, 2. volumes.   5. liv.

... Le même de petit caractere, 1. vol. 3. l. 10. s.

Dialogues sur l'Eloquence en general, & en particulier sur celle de la Chaire ; avec une Lettre écrite à l'Academie Françoise, sur la Rhetorique, la Poësie, &c.   2. liv.

Nouveaux Dialogues des Morts, qui n'ont point encore été imprimez, avec un Recueil de Fables & morceaux choisis d'Histoire, composez pour l'éducation d'un jeune Prince, in-douze, 2. volumes.   3. liv. 10. s.

Lettres sur divers sujets importans de la Religion & de Metaphysique, in-douze. 1. liv. 10. s.

Sermons choisis sur divers sujets, in 12, 2. l. 5. s.

Démonstration de l'Existence de Dieu, tirée de la connoissance de la Nature, & proportionnée à l'intelligence des plus simples. Troisiéme Edition augmentée d'une seconde Partie sur les Attributs de Dieu, in-12.   2. liv. 5. s.

Oeuvres spirituelles, 2. volumes. Le premier contenant des Opuscules imprimez en differens temps, & corrigez sur les originaux ; & le second contient des Lettres de pieté écrites à differentes personnes sur divers sujets, sous presse.

On trouvera chez le même Libraire divers autres Ouvrages, tant de France que des Pays Etrangers, sur toutes sortes de Sciences.